Für Liam

Mit Dank an Dr. Christian Hardinghaus und Manfred Eggert für ihre Unterstützung.

Der Autor

Daniel Hopkins (* 14. November 1977 in Osnabrück) ist Journalist, Redakteur, PR-Manager und Weltreisender. Er arbeitet und lebt in Berlin und Osnabrück. Dort führt er seine Kommunikationsagentur PRovoke Media. “Und Sirius hat es gesehen - Vom Leben vergewaltigt” ist sein erstes veröffentlichtes Buch.

Vorwort

Die folgenden Seiten beschreiben die tragische, aber auch manchmal schöne Geschichte des Künstlers Norbert Henze. Sie handelt vom Leben eines Mannes, der bereits im Kleinkindalter von den Eltern getrennt wurde und im Kinderheim aufwuchs. Norbert machte in seinem Leben viele grausame oder fragwürdige Erfahrungen.

Heute arbeitet der mittlerweile 64-Jährige als Metall- und Performance-Künstler in und um Osnabrück. Vor allem in den vergangenen Jahren wurde ihm immer bewusster, welches Leiden er jahrzehntelang ertragen musste. In Gesprächen mit Anderen spürt er, wie seine Zuhörer gebannt an seinen Lippen hängen, wenn er die spannenden, traurigen und unglaublichen Geschichten aus seiner Vergangenheit erzählt. Nun ist die Zeit gekommen, seinen ungewöhnlichen Lebensweg zu Papier zu bringen und der Öffentlichkeit zugänglich zu machen. Hierzu habe ich mich viele Male mit Norbert getroffen, um zu erfahren, was er in den vergangenen Jahrzehnten – vor allem aber in der Jugendzeit - genau erlebt hat und wie er sich damals fühlte. In den Abendstunden, vor dem lodernden Kamin in seiner Galerie sitzend, war es für uns beide nicht einfach, das

Erlebte neu aufzurollen. Für ihn nicht, weil ihn seine Erinnerungen immer wieder mit tiefer Traurigkeit erfüllen. Für mich nicht, weil seine Erfahrungen an die Grenzen des Fassbaren stoßen, mich zutiefst erschreckt haben und mich in die Tiefen seiner Seele blicken ließen.

Zufällig berührt die Lebensgeschichte von Henze aktuelle Gesellschaftsthemen: die derzeitige Diskussion um die Behandlung und Entschädigung der gepeinigten Heimkinder der Nachkriegszeit oder auch die Vergewaltigungsvorwürfe durch die eigene Tochter gegen den verstorbenen Schauspieler Klaus Kinski. „Die Themen sind jetzt präsent", sagt Norbert Henze. Vielleicht ein günstiger Zeitpunkt, um mit seiner eigenen persönlichen Geschichte zum Nachdenken anzuregen.

Beim Schreiben habe ich darauf geachtet, möglichst authentisch die Erzählweise des Protagonisten Norbert Henze wiederzugeben. Als Journalist und PR-Manager bin ich es seit Jahren gewohnt, Sachverhalte kurz und verständlich darzustellen. Mir ist bewusst, dass ich noch weit davon entfernt bin, Geschichten mit dem Talent eines erfahrenen Schriftstellers zu schreiben und biete mit den folgenden Seiten sicher kein literarisches

Meisterwerk. Ich bin allerdings davon überzeugt, dass dieses Buch eine spannende Geschichte erzählt und bin zuversichtlich, dass sie beim Leser dennoch mit ihrer Kurzweil auf Gefallen stößt. Die ersten Reaktionen nach Probelesungen lassen zumindest darauf schließen.

Die im Buch erwähnten Namen sind weitestgehend frei erfunden, um mögliche Persönlichkeitsrechte Dritter nicht zu verletzen. Angesichts der Brisanz, die stellenweise in den folgenden Zeilen steckt, hielten wir diesen Schritt für mehr als angebracht. Denn einige Beteiligte werden nicht nur in Verbindung mit moralischen Verfehlungen, sondern auch mit Straftaten gebracht. Zwar weilen die meisten Beschuldigten nicht mehr unter den Lebenden, jedoch möchte ich aus Respekt vor den Angehörigen die echten Namen in einigen Fällen in diesem Werk außen vor lassen.

Die Zusammenarbeit mit Norbert war von Beginn an geprägt von gegenseitigem Vertrauen. Trotzdem stellte mich die Arbeit mit ihm auf eine harte Probe. Seine innere Unruhe, seine Ungeduld, seine im Wechsel auftretenden Anfälle von Euphorie und Bedenken sowie die Einflüsse von anderen Menschen, die immer wieder zeitlichen Druck auf ihn ausübten, weil sie „endlich das Buch lesen" wollten, sind nichts für schwache Nerven.

Vor allem die Zeit des Lektorats, das mein bester Freund Christian Hardinghaus vorgenommen hat, muss für Norbert wie ein Projekt-Stillstand gewirkt haben. Mit Engelszungen haben wir auf ihn eingeredet, er möge sich zurücklehnen und darauf vertrauen, dass wir gemeinsam das Buch rechtzeitig zur Buchmesse in Leipzig fertigstellen werden. Er hat sich zurückgelehnt und wir haben es geschafft. Sie halten in diesem Moment seine Lebensgeschichte in Auszügen in ihren Händen.

Eine Geschichte, bei der letztlich am Ende nur die eine Frage steht: Wie konnte Norbert Henze den Absprung hin zu einem „normalen" Leben schaffen? Die Antwort soll dieses Buch liefern…

Ich wünsche eine kurzweilige Lektüre

Daniel Hopkins

Und Sirius hat es gesehen

***Sex, Drogen und Rock & Roll! Norbert ist mittlerweile 64 Jahre alt. Die Zeit hat ihre Spuren hinterlassen. Aber auch nicht mehr als bei anderen in seiner Altersklasse - so viel verrät sein Blick in den Spiegel. „Ich stehe noch gut im Saft“, spricht er zu sich selbst. Und er hat Recht. Norbert macht einen eher sportlichen Eindruck. 1,87 Meter groß, schlank, muskulös und so gar nicht wie ein typischer Senior gekleidet. Seine markanten Gesichtszüge kommen bei seinem kahlen Kopf besonders zur Geltung. Sein ergrauter Dreitagebart lässt auf sein tatsächliches Alter schließen, doch in seiner Cargohose und in seinem hellen T-Shirt wirkt er, als wolle er auf ein Treffen von jungen Skateboard-Freaks. Nur das passende Rollbrett fehlt, um das entsprechende Erscheinungsbild zu vervollständigen. Norberts Blick wandert weiter über die Spiegelfläche. Sie zeigt den Flur, der einige Meter hinter seinem Rücken entlang führt. Dort stehen aus Metall geformte Kunstwerke. Fotorahmen zieren die in weinrot gehaltene Raufasertapete. Relikte der Erinnerungen. Oberhalb des Rahmens der Haustür tickt die ziffernlose Wanduhr. Sie zeigt auf Viertel nach Drei.

An diesem Morgen betrachtet Norbert sein Spiegelbild besonders intensiv. Er schaut sich tief in die Augen, bis sie ihm schließlich selbst fremd vorkommen. Es ist einer dieser Momente, in denen man mit sich selbst spricht, laut oder in Gedanken. Ein Moment der Selbstkritik oder Reflexion. Vielleicht sind es die vielen Erinnerungsstücke im Flur, die Norbert nachdenklich machen und in eine Art Trance versetzen. Vielleicht ist es aber auch nur Zufall. In diesem Moment zieht sein Leben im Zeitraffer vor seinem inneren Auge vorbei. Ein Leben, mit dem wohl keiner seiner Freunde und Bekannte, eigentlich niemand, tauschen möchte. „Man, hast du eine Scheiße durchgemacht", sagt er, nickt sich selbst zu und findet sich in Gedanken in seiner frühesten Kindheit wieder.

Es ist Nachkriegszeit. Norbert ist ungefähr vier Jahre alt und nennt eine ehemalige Kaserne, das Adelheide-Delmenhorst-Wichert-Stift, sein Zuhause. Die britischen Besatzungstruppen hatten das Gelände mit den vielen Gebäuden zu einem Kinderheim umgebaut. Hunderte verwaiste Jungen und Mädchen finden dort nach dem Krieg eine neue Bleibe. Ein grässliches Gefühl der Angst kommt in Norbert auf. Seine Erinnerungen führen ihn in einen gigantischen Schlafsaal, in dem er unsanft von den anderen Kindern geweckt wird. „Um mich herum stehen viele Heimkinder und sie schreien entsetzlich. Vor meinem Bett geht ein Mann auf und ab. Ein großer Mann. Ich habe Angst. Irgendwann ist er weg und ich schlafe ein", sagt er, sein Blick noch immer starr und leer im Spiegel.

Die ersten Erinnerungen an seine Zeit im Heim sind auch Gedanken an seine Geschwister. Vor seinem geistigen Auge zeigt sich das Bild seiner Schwester Waltraut, die ihn windelt und dabei lächelt. Norbert grinst zurück. Noch führt der Vierjährige ein unbeschwertes Leben, behütet durch seine älteren Geschwister. Doch das soll sich bald ändern. Sehr bald.

Wenige Tage später kommt Unruhe in den Hallen des Heims auf. Die Kinder kreischen, drängen zu den Fenstern und schieben sich in die Eingangshalle. Es ist nicht zu verstehen, worum es geht. Die einzelnen Ausrufe gehen im Stimmgewirr unter und der kleine Norbert bleibt sitzen, schaut irritiert auf die Kinderschar. Sein Bruder Jürgen befreit ihn aus seiner scheinbar hilflosen Lage. „Komm' mit Norbert", sagt er und zieht ihn aus dem Stuhl. Im Schlepptau sind auch Norberts andere Geschwister. In einer Reihe bahnen sie sich den Weg durch das Chaos von umgeworfenen

Tischen und Stühlen. Erst Jürgen, der Älteste, mit dem kleinen Bruder an der Hand, gefolgt von Liona, dann Ann-Kathrin. Nur Waltraut fehlt noch, um die Geschwistertruppe zu vervollständigen.

In der Vorhalle des ehemaligen Kasernengebäudes herrscht reges Treiben und Geflüster. Noch immer wissen Norbert und seine Geschwister nicht, welchen Grund der Aufruhr hat. Sie drängeln sich durch die engen Gassen, die sich durch die bewegende Menschenmenge ergeben, bis sie kurz vor der verschlossenen Tür zum Stehen kommen. Während alle gebannt auf die Tür starren, wird geschubst und gerempelt.

Dann fängt einer aus den hinteren Reihen an zu rufen: „Waltraut hat einen Hof angezündet!" Und er wiederholt sich, als wenn er noch mal mit Nachdruck auf das eben Gerufene hinweisen will. „Waltraut hat einen Hof angezündet!" Die anderen Kinder fallen ein und rufen alle im Chor: „Waltraut hat einen Hof angezündet!" Bevor Norbert, sein Bruder und seine beiden Schwestern sich einen Reim auf die hämischen Ausrufe der anderen Kinder machen können, tut sich etwas an der Tür. Die Kinderstimmen verstummen, gespenstische Stille.

Die große Tür öffnet sich leicht und Waltraut schlüpft durch einen schmalen Spalt in die große Eingangshalle. Als sie die Wartenden sieht, erstarrt sie und senkt beschämt den Kopf. Ihr Haar hängt in welligen Strähnen herab, die Spitzen ihrer Haarpracht sind angesengt. In der Halle breitet sich leicht beißender Brandgeruch aus. Es ist also wahr? Waltraut hat einen Hof angezündet? Ungläubig starren Jürgen, Norbert, Liona und Ann-Kathrin auf das junge Mädchen mit dem schwarz verschmierten Gesicht. Sie schaut hoch, erblickt ihre Geschwister, läuft zu ihnen rüber und sucht Schutz in ihrem Kreis.

Da stehen sie. Alle Fünf. Um sie herum lauern noch immer die anderen Kinder, die wieder das höhnische Lachen aufnehmen. „Ich sehe noch heute, wie wir losheulen. Ich fange an zu flennen und die anderen fallen ein. Immer, wenn einem von uns im Heim etwas zustößt, heulen wir Geschwister im Chor. Wie auch dieses Mal nach Waltrauts Spiel mit dem Feuer. Einige Kinder von gegenüber lachen, das Schreien wird weniger und erstirbt schließlich ganz. Unterbrochen nur von ein paar kleinen Schluchzern. Dann, Stille, die nicht enden will.“ Norberts Blick wandert auf seine Lippen, die sich im Spiegelbild bewegen. Allerdings ohne diese Bewegung bewusst wahrzunehmen. In seinem Kopf meldet sich die Stimme eines ehemaligen Erziehers, die ruhig spricht: „Kinder, geht in Eure Zimmer!“ geräuschlos ziehen die kleinen Dötze ab.

„Ja, das sind meine Erinnerungen, wie ich sie heute habe. Schon tausend Mal habe ich die Geschichten erzählt.“ Nur dieses Mal ist es kein Fremder, der Norberts unglaublichen Geschichten lauscht. Dieses Mal ist er es selbst, vielleicht auch sein anderes Ich, das sich seine Ausführungen anhört. „Beim Erzählen kommt immer wieder etwas hinzu, anderes fällt weg, wird beim nächsten Erzählen wieder erinnert. Erinnern ist wie ein Fluss. Und doch bleibt sie. Das, was ich erlebt und in meinen Erzählungen, Träumen immer wieder hin und her gewendet habe.“ Norberts Lippen bewegen sich nicht mehr. Es ist ein stiller Monolog, den er gerade führt und ihn in Gedanken zum Dialog mit seiner Schwester Waltraut führt. An diesem besonderen Tag im Heim. ***

„Waltraut, was ist denn da los gewesen“, wollen die Geschwister wissen. Und sie erzählt aufgeregt ihre Geschichte vom Bauern Holtkötter, bei dem sie mit acht Jahren zur Pflege abgegeben wurde. Pfarrer Harmann hatte damals für die Vermittlung gesorgt. Er wandert jeden Tag gut gelaunt und wohlbeleibt mit prüfendem Blick durch die Kinderscharen. Harmann hat einen besonders guten Draht zu den Bauern und eine Art Sklavenhandel aufgebaut: Er sucht die Kinder aus, bringt sie als Pflegekinder zu den Bauern und dort müssen die jungen Dinger arbeiten bis zum Umfallen. Auch für Waltraut gibt es viel Arbeit und wenig Brot. Sie erzählt, wie sie vom Bauern und der Bäuerin geschlagen wurde. Mit dem Suppenlöffel, mit dem Teppichklopfer, mit allem, was sich gerade in Griffnähe befand und wehtat.

An diesem Tag sind die Pflegeeltern für viele Stunden nicht Zuhause gewesen. Waltraut hat von ihnen den Auftrag bekommen, das Vieh zu versorgen und nach dem Rechten zu schauen. „Du weißt, was dir blüht, wenn was schief läuft", hat der Bauer ihr gedroht. Waltraut nickte stumm. Doch sie hat nicht das Vieh versorgt und hat nicht nach dem Rechten geschaut. Sie ist auf den Heuboden gestiegen und hat mit einem Streichholz eine Kerze entfacht, die sie zwischen den Halmen postiert hatte, ehe sie wieder hinabgestiegen ist und sich auf den Hof gestellt hat. „Als die Flammen aus dem Dach geschlagen sind, habe ich Angst bekommen", erzählt Waltraut weiter. Sie ist in die Scheune gerannt, die Leiter hochgehastet, hat versucht die Flammen niederzutreten, hat sich die Hände verbrannt, das Haar versengt und ist mit knapper Not entkommen. Die Tränen haben ihr Gesicht verschmiert. Die Scheune ist nicht mehr zu retten gewesen.

„Ach, Waltraut, erzähle die Geschichte noch einmal." Wir Kinder können gar nicht genug von der spannenden Story bekommen. Immer wieder erzählt sie von dem spektakulären Zwischenfall. Bis die Heimverwaltung eingreift und Norberts ältere Geschwister auf verschiedene Höfe in der Nachbarschaft verteilt. Eines Morgens fragt der kurze Kerl: „Wo sind denn Jürgen, Waltraut und die anderen?“ „Ach, die sind nicht weit von hier auf Bauernhöfen untergebracht“, lautet die Antwort des Erziehers: „und du bist auch irgendwann dran.“ Viel später wird Norbert bewusst, dass dies der Tag war, an dem die Familie endgültig zerrissen wurde.

***Norbert schüttelt sich vor dem fast mannshohen Spiegel. Seine Augen blinzeln. Einmal, zweimal, dreimal. Er wischt sich mit beiden Händen durchs Gesicht, massiert energisch seine Schläfen, zieht dann seine Haut etwas nach unten, streicht mit seinen Fingerkuppen langsam am Kinn und schließlich am

Hals entlang. Dann tätschelt er sein Gesicht kräftig mit den Händen - als wolle er sich selbst wecken. Viele Jahre später erfüllen ihn seine Kindheitserinnerungen noch immer mit Traurigkeit. Und das war erst der Anfang. Heute hat er sich zwar einen Namen als Künstler gemacht, kann von seinem Talent gut leben. Doch der Weg dorthin war mehr als steinig. Geprägt von Missbrauch, Sex, Drogen und Gewalt.

Norbert senkt den Kopf und betrachtet seine unbeabsichtigt zu Fäusten geballten Hände. „Du triffst jetzt eine Entscheidung", sagt er wieder zu sich selbst. Langsam löst sich die Spannung in seinen Händen. Der rechte Arm hebt sich und Norbert richtet seinen Zeigefinger, begleitet von einer bestimmenden Mimik – einem verschärften Blick -, auf sein Spiegelbild. „Du schreibst jetzt deine Lebensgeschichte auf", sagt er mit gehobener Stimme ohne, die genaue Intention seines Gedankens zu kennen. Noch nicht.

Er dreht sich um, geht geradewegs auf seinen Sekretär zu. Die Wanduhr zeigt Viertel vor Neun. Die Morgensonne wirft ihre wärmenden Strahlen auf den kleinen hölzernen Schreibtisch, auf dem einzig Norberts Laptop Platz findet. Er klappt ihn auf, öffnet das

Schreibprogramm und fängt an zu tippen: „Was sind Mama und Papa?“***

Ich erinnere mich noch genau an die erste bedeutende Frage meiner Kindertage: WAS sind Mama und Papa? Ich bin fünf Jahre alt. Immer wieder schimpfen die anderen Heimkinder über ihre Eltern: „Meine Mutter ist eine Hure“, „mein Vater ist ein Säufer“, „meine Eltern haben mich verprügelt“. Selbst jene Kinder, die als Kriegswaisen im Heim untergebracht sind oder dessen Eltern sich aus anderen – zum Teil verständlichen Gründen, wie unvorstellbare Armut oder massive psychische Störungen – nicht um ihren Nachwuchs kümmern können, fluchen aus Frust über ihre Tatsache der Entbehrung ihrer Wurzeln. Schimpftiraden, die ich nicht von mir geben kann, denn mir fehlt schon allein der Bezug zu den Begriffen „Mama“ und „Papa“. Und so bleibt es natürlich nicht aus, dass ich diese erste entscheidende Frage auch den anderen Kindern stelle: WAS sind Mama und Papa? Während ich von den Anderen Gelächter und Spott ernte, reagieren meine Geschwister mit tiefer Traurigkeit und fangen an zu heulen. Jürgen, mein ältester Bruder, versucht mir unter Tränen mit einer nichtssagenden Antwort die Irritation zu nehmen:

„Mama und Papa, das ist was ganz Schönes, was es aber kaum gibt." Ich bleibe irritiert und schweige eine Weile. Was soll ich nun glauben? Sind Eltern böse, weil sie rumhuren, saufen und Peiniger der Kinderseelen sind, oder sind sie was Schönes, was mir Jürgen weismachen will? Ich bin hin und hergerissen, verspüre aber schon in diesen Tagen eine tiefe Sehnsucht zu erfahren, wer meine Eltern sind. Wo mein Ursprung liegt.

Dieses Gefühl wirft die zweite bedeutsame Frage meiner Kindertage auf: WO sind Mama und Papa? Auch darauf weiß Jürgen eine Antwort, dieses Mal etwas präziser. „Die sind in Braunschweig", sagt er und Waltraut, die Zweitälteste, holt aus: „Vor vielen Jahren kamen ein Mann und eine Frau mit zwei Polizisten und haben uns abgeholt und hierher gebracht. Du warst damals ein halbes Jahr alt." „Warum", will ich wissen. Waltraut zieht mich zu sich auf den Schoß und beginnt, zu erzählen. Eine Geschichte, die mir noch heute in den Ohren liegt, als sei es gestern gewesen. „Mama konnte nicht für uns sorgen. Da waren die vielen Männer." Meine Mutter soll immer wieder Freier vor dem benachbarten Puff abgefangen und zur Beglückung in die Wohnung geschleppt haben. Und das alles, während Vater auf der Arbeit war und wir in unserem verschlossenen Zimmer ausharren und die Lustschreie unserer Mutter mithören mussten. Das ging eine ganze Weile so, ich weiß nicht wie lange. Bis Vater eines Tages früher von der Arbeit kam und das Treiben seiner Frau durchschaute. Das war das Ende der Ehe und der Anfang des totalen Chaos. Laut Waltraut hat sich unser Vater immer mehr zurückgezogen, sich schließlich scheiden lassen und unsere Mutter überließ uns praktisch unserem Schicksal.

An dem Tag, an dem der Mann und die Frau mit ihren Ausweisen vom Jugendamt in die Wohnung treten, steigt ihnen ein abartiger Geruch in die Nase. Es riecht nach Alkohol, Nikotin, Kot und Urin. Wochen der Verwahrlosung haben deutlich ihre Spuren hinterlassen. Der Anblick ist erschreckend. Überall säumen leere Bierflaschen, Zigarettenkippen, schmutzige Wäsche, verschimmelte Speisen und anderer Unrat die Räume. Wir Kinder müssen auf versifften Matratzen pennen und in den Schlafraum kacken, während sich unsere Mutter von den Freiern ficken lässt. Ein Nachbar ist damals auf die Missstände aufmerksam geworden und hat die Behörden eingeschaltet. „Plötzlich ging alles ganz schnell. Mama war nicht Zuhause. Der Mann, die Frau und die

Polizisten haben uns sofort mitgenommen“, sagt Waltraut. Unser gemeinsames Ziel: das Adelheide-Delmenhorst-Wichert-Stift. Wo ich jetzt auf dem Schoß meiner Schwester sitze und zum ersten Mal eine Geschichte von meinen Eltern höre.

***Plötzlich hält Norbert mit dem Schreiben inne. Eine Träne rinnt über seine rechte Wange hinab auf das dunkle Holz seines Sekretärs. Die Aufarbeitung seiner Erinnerungen weckt mehr Emotionen in ihm als er zuvor ahnte. „Ich brauche eine Pause“, sagt er mit ruhiger Stimme zu sich selbst, steht auf und trottet den langen Flur entlang bis in einen großen gefliesten Raum, den er als Atelier für seine künstlerischen Werke nutzt. In einer Ecke steht ein schwarzer gusseiserner Kamin, dessen großes Ofenrohr dem Raum eine gewisse industrielle Anmut verleiht. In einer anderen Ecke steht ein Feuerkorb, den er selbst künstlerisch veredelte, verziert mit Figuren, die er in das schimmernde Metall mit einem Plasmaschneider freihändig kreiert hatte. Figuren, die er gerne als die „befreiten Seelen unserer Gesellschaft“ bezeichnet, begleitet von Blumen und Vögeln, die das Kunstwerk abrunden. Metallmalerei nennt Norbert diese Kunst. Er hebt den gläsernen Deckel des Feuerkorbs und entfacht die drei roten, dickbäuchigen Kerzen, die schließlich ihr Licht durch die Figuren abgeben. Dann dreht er sich um und zündet seinen Kamin an. Aus den anfangs kleinen Flammen wird dank des trockenen Holzes schnell ein loderndes, wärmendes Feuer. So etwas hat den Mittsechziger schon immer fasziniert. Für ihn sind Flammen der Inbegriff von Leben und Tod. „Es ist lebensspendend, aber kann auch lebensnehmend sein", sagt er immer wieder.

Vertieft in das Flackern der Flammen resümiert er das soeben Geschriebene. Es sei doch schon erstaunlich, wie gut er sich noch an seine Kindheit erinnere. Immerhin ist das schon gute sechzig Jahre her. Er kann aber heute nicht mehr den genauen Zeitpunkt seiner Erlebnisse datieren. Vielleicht war er bei der ersten wesentlichen Frage seiner Kindheit nicht fünf Jahre alt, sondern erst vier oder gar schon sechs. Aber die Erinnerungen sind da. Es ist so passiert. Es mag viele Gründe geben, warum die Kindheitserlebnisse für ihn noch so unfassbar präsent sind. Doch ein Grund wabert nicht erst seit heute durch seinen Kopf: Die Zeit ist einfach prägend für ihn gewesen. Die Frage des Ursprungs begleitet ihn bis heute. Und die ganze Scheiße, die er später noch durchleben musste. Scheiße, die er jetzt zu Papier bringen will.

Norbert steht auf, schaut noch eine Minute ins Feuer und entschließt sich, weiterzuschreiben. „Da ist doch noch so vieles während meiner Zeit im Heim passiert. So viel unglaublich Ätzendes, aber auch Gutes“, murmelt er vor sich hin, während er wieder den langen Flur bis hin zu seinem Schreibtisch geht. Die Wanduhr zeigt mittlerweile Viertel nach Zehn. Die Morgensonne knallt noch immer auf den kleinen hölzernen Sekretär. Norbert wischt sich einmal aufmunternd durchs Gesicht, klatscht voller Elan in seine Hände und tippt weiter: Die Zeit im Heim ist hart. ***

Naja, was heißt schon hart. Vielmehr ist es eine Mischung aus „hart gespült“ und „weich gekocht“. Oder besser gesagt, ich lebe mein Dasein als Kind mit harter Schale und weichem Kern. Allerdings ist vieles davon Schauspielerei. Ich muss mich nach außen hin hart zeigen, um mich gegen die psychischen und physischen Verletzungen aus meinem Umfeld zu schützen. Innerlich führe ich einen Kampf mit meinen Emotionen. Ich flenne viel. Nachts im Schlafsaal, geräuschlos unter meiner Bettdecke, damit die anderen Kinder es nicht mitbekommen. Rotz und Wasser laufen solange, bis ich keine Tränen mehr habe. Dann weine ich, ohne eine Träne zu vergießen. Trocken, doch nicht minder leidvoll. Eine Situation, die schwer zu beschreiben ist. Tränen sind doch häufig auch ein Symbol der Erlösung, schließlich spült man damit seinen Kummer von sich. Wer die Tränen unterdrückt, wird die Sorgen nicht los, ansonsten hat man irgendwann das Gefühl innerlich zu explodieren. Vielleicht ist der berühmte Tropfen, der das Fass zum Überlaufen bringt, eine Träne. Wer weiß? Auf mich übt diese Vorstellung eine krasse Symbolkraft aus. Doch, was macht man, wenn das Fass leer und kein Wasser mehr da ist, das als Zeichen meiner emotionalen Instabilität den Wangen herunterlaufen kann. Dann weine ich trocken. Und immer versuche ich dabei, so leise wie möglich zu bleiben. Manchmal frage ich mich, ob die anderen Kinder mich vielleicht doch hören. So wie ich sie wahrnehme, wenn sie kummervoll in ihre Kissen heulen und sabbern. Jeden Abend höre das leidgeplagte Jammern und Weinen aus einer anderen Ecke des großen Schlafsaals, in dem bis zu 35 Kinder Platz finden. Oft klingt es wie ein Chor von Leidenden, die gequält von ihrer Situation keine Ruhe finden.

Natürlich fließen bei mir auch mal öffentlich Tränen. Selten. So wie zu Weihnachten, ich bin sieben Jahre alt. Anlass sind die Feiertage des Vorjahres. Während der besinnlichen Weihnachtszeit ist das Heim wie ausgestorben. Manche Kinder fahren zu ihren Eltern, andere sind zum Feiern bei Gastfamilien untergebracht. So wie ich. Ich erinnere mich noch genau an die herzliche Begrüßung durch die gepflegte Dame, die mich zusammen mit ihrem Mann, einem freundlichen Brummbären mit Holzbein – einer Kriegsverletzung -, bei sich aufnahm. Sie war stattliche 1,80 Meter groß, etwas fett und strahlte eine für mich bisher ungewohnte mütterliche Wärme aus. Sie nahm mich sofort mit in die Küche, in der ich ihr beim Dekorieren der Weihnachtsgans helfen durfte. Ich sehe noch die Pflaumen und den Speck vor mir, mit denen wir den Vogel füllten, der am Folgetag an Heiligabend von uns gefuttert wurde. Vom ersten Moment an, bei diesen zwei freundlichen Menschen, fühlte ich mich willkommen und geborgen. Die beiden Alten waren rührend besorgt um mich. So musste sich ein schönes Weihnachtsfest anfühlen. In dieser Nacht schlief ich glücklich ein. Satt durch eine große Portion Kartoffelsalat mit Würstchen und eingekuschelt in eine warme Decke in meinem eigenen Zimmer.

Am nächsten Tag kam der Sohn der netten Gasteltern zum gemeinsamen Weihnachtsfest nach Hause. Alfred, ein großer und kräftiger junger Mann, war bei der Handelsmarine und begeisterter Amateurfunker. Nach der Bescherung fragte er mich: „Soll ich dir mein Funkgerät zeigen? Ich kann damit weltweit den Funk empfangen." Ich freute mich. Auch seine Eltern, denen warm ums Herz wurde, wenn sie den scheinbar herzlichen Umgang ihres Sohnes mit mir beobachteten. Alfred hatte seine Funkstation auf dem Dachboden aufgebaut. Wir mussten über eine Dachluke mit Treppenaufstieg in das Dachgewölbe steigen. Ich habe mich dort umgeguckt. In einer Ecke standen jede Menge Antennen und technische Geräte, in einer anderen Ecke waren Matratzen ausgelegt. Um sie herum lagen Pornohefte, die mir Alfred zeigte. „Wo ist denn nun das Funkgerät", fragte ich ihn. „Das kommt später. Jetzt ziehst du dich erst mal aus!" So jung und unbedarft wie ich war, dachte ich mir nichts dabei. Und so lag ich da. Ich kleiner, sechsjähriger Junge. Nackt. Alfred kniete über mir und wichste sich einen ab. Ich kann noch nicht einmal sagen, dass das an sich mir Angst einflößte. Auch nicht, dass ich ihm an seinen Eiern rumfummeln sollte. Im Heim machte ich in dem Alter schon die ersten Erfahrungen mit gleichgeschlechtlichen, teils sexuellen Berührungen. Oft trösteten wir Heimkinder uns gegenseitig. Kuschelten unter der Decke, küssten uns auf die Wange, berührten uns an unseren Ärschen und fassten uns an die Pimmel. Doch das waren Zeichen der Liebe, des Trostes. Alfred allerdings hat mir gedroht: „Wenn du meinen Eltern was verrätst, bringe ich dich um." Seine Morddrohungen waren gewalttätig. Kein Zeichen der Liebe, kein Zeichen des Trostes. Ja, er vergewaltigte mich an diesem Heiligabend. Und die folgenden Tage darauf. Immer wieder. Seine Eltern saßen dabei nichts ahnend in der Stube und dachten, wir wären am Funkgerät. Das Gerät, das ich bedient habe, sah aber anders aus, fühlte sich anders an.

„Wenn du was verrätst, bringe ich dich um", klingelt Alfreds Drohung noch ein Jahr später in meinen Ohren, als meine Erzieherin Tante Magret mir verrät, ich soll Weihnachten wieder an den Ort, Alfreds Freudenhaus, zurückkehren. „Da gehe ich nicht hin", sage ich und weine. Einer dieser seltenen Momente, in denen ich nicht im Geheimen flenne. Magret versteht meine Tränen nicht. „Warum denn nicht? Die Meiers sind doch so nett." Ich denke an Alfreds Morddrohungen und schweige.

Tante Magret liebe ich, wie ich eine Mutter wohl hätte lieben können. Sie mag mich auch sehr, das spüre ich. Sie kümmert sich fürsorglich um mich. Einer von vielen Gründen, warum ich immer ihre Nähe suche und sie sehr vermisse, wenn sie mal dienstfrei hat. Magret ist eine junge Frau, zierliche 1,60 Meter groß, mit einem runden Mondgesicht, das ihr eine unglaublich positive Ausstrahlung verleiht. Ihre großen, wunderschönen, dunklen Augen glitzern wie die Sterne am Firmament und ziehen mich vom ersten Moment an in ihren Bann. Das Gesamtbild Magrets scheint von einer unsichtbaren Aura umgeben, die mit meiner eine Symbiose entwickelt. Und ganz sicher sorgt auch meine Sehnsucht nach einer Mutterfigur, die mich an die Hand nimmt und durchs Leben führt dafür, dass ich mich zu ihr hingezogen fühle. Magret nimmt mich oft an die Hand und geht dann mit mir spazieren. Wohl gemerkt nach Dienstschluss, in ihrer Freizeit. Es gibt noch ein Foto von mir aus diesen Kindertagen, das meine hübsche junge Erzieherin von mir auf einem der vielen Spaziergänge gemacht hat: ich ganz klein, mit einem Ranzen auf dem Rücken und einem Brot in der Hand.

Mein Lebensgefühl ist geprägt von Glück. Glück, das mir wie eine Seifenblase vorkommt. Warum? Es ist wie eine Seifenblase, der ich atemlos nachschaue, wenn sie in schillernd bunten Schlieren vor mir herzieht. Doch greife ich zu, um das Glück festzuhalten, es zu besitzen, zerplatzen die Träume. Das ist meine bis dahin gemachte Erfahrung und fester Bestandteil meiner Ängste. Ich habe immer den Eindruck, dass mein Schrei nach Liebe nicht erhört wird.

Nichts anderes als ein Schrei nach Liebe ist auch meine unter Tränen betonte Gegenwehr, als ich erfahre, dass mir erneut zu Weihnachten wieder Vergewaltigungen und Drohungen durch Alfred blühen. Tante Magret schickt mich nicht zu Meiers. Ich darf im Heim bleiben.

Und da sitze ich nun. Ganz alleine in dem großen, dunklen, leeren Saal am Rande der Wärmezone des Christbaums. Die Kerzen sind fast herunter gebrannt. Ich balanciere auf dem wackeligen Stuhl und zerbrösele Reste von Keksen, die es zur Heimfeier gab. Plötzlich betritt Magret den Saal, setzt sich neben mich und sagt: „Ich möchte nicht, dass du Weihnachten alleine bist. Ich nehme dich mit zu meinen Eltern. Mein Vater ist Lokomotivführer. Ich habe ihm viel von dir erzählt." Auch, wenn ich mich in diesem Moment noch frage, ob sie das tatsächlich ernst meint, hüpft mein Herz vor Freude. Magret strahlt mich mit ihren wunderschönen dunklen Augen an und lächelt. „Komm wir wollen gleich los!“

Irgendwie ist dieses Weihnachten wie im letzten Jahr. Die Bratendüfte von der Weihnachtsgans, das Backen, das Schenken, das Singen. Und doch ist alles ganz anders. In diesen drei Tagen vergesse ich zum ersten Mal, dass meine Eltern nicht da sind. Ich meine, sie sind ja noch nie da gewesen. Aber die Sehnsucht gibt es sonst schon. Doch in diesen Tagen ist diese Sehnsucht wie verflogen. Eine dicke Schicht von süßen Plätzchen, saftigen Bratenstücken und viel, sehr viel Freundlichkeit und Wärme legt sich über alles. Am letzten Tag nimmt mich Magrets Vater mit zu seiner Arbeit, in sein „Büro“, auf seine Dampflok. Ich darf sogar ein paar Schaufeln Kohle in den glühenden Schlund dieses gezähmten, dampfenden Ungeheuers schippen. Ich schaue aus dem Führerstand hinaus über die Waggons aufs Oldenburger Land. Mein Blick erfasst den Qualm, der zischend aus dem wummernden Schlot der Lokomotive pfeift. In meiner Fantasie ziehen nicht nur gewöhnliche Rauchwolken vorbei, sondern Figuren, die mich auf eine mystische Art und Weise grüßen: Engel, Reiter und andere menschliche Formen.

Ich fühle mich frei und doch holt mich die Traurigkeit schon bald wieder ein. Denn zurück im Heim erwarten mich wieder die Kämpfe, die Nickligkeiten und all die anderen hässlichen Dinge, die keinem Kind widerfahren sollten. Mein einziger Lichtblick sind die Momente mit Tante Magret, wenn sie mich schützend in ihre Obhut oder auf einen Spaziergang mit durch die Heide nimmt.

Viel, sehr viel später habe ich nach Tante Magret gesucht. Über ein halbes Jahrhundert vergeht, bis ich das Telefonbuch durchforste und im Internet nach ihr suche. Doch irgendetwas lässt mich schließlich mit der Fahndung aufhören. Vielleicht ist es die Angst, dass Tante Magret, sollte sie noch unter den Lebenden weilen, vom Alter so gezeichnet ist, dass ihr Erscheinungsbild mich jäh aus meinen traumhaft schönen Erinnerungen reißt. Und trotz meiner Recherchen und meiner Gedanken an die zutiefst emotional geprägte Kindheit beschleicht mich das Gefühl, dass eine Begegnung mit Tante Magret mein Gesamtbild der Erinnerungen ein weiteres Mal erschüttert. Das will ich nicht. Ich suche nicht weiter.

Tante Magret sehe ich nach meinem achten Lebensjahr, nachdem ich 1956 vom Pastor auf einen Bauernhof verschleppt wurde, nie wieder.

Noch immer bin ich jetzt in meinen Gedanken im Heim gefangen. Wie lebte ich dort eigentlich? Was sind die Momente, die mir noch heute besonders präsent sind? Nun, wir existieren im Kinderheim wie in einem Kokon. Oder Knast, man kann es nennen, wie man will. Ich lebe in Gefangenschaft, um mich herum meterhohe, mit Stacheldraht behangene Zäune. Einfach rausgehen klappt nicht. Der gesamte Komplex umfasst viele Gebäude, die Namen wie Wigwam, Fuchsbau oder Heimleuchte tragen, in denen mehrere Hundert Kinder untergebracht sind. Für uns gibt es sogar eine eigene Schule, die sich in einem gigantischen Gebäude auf dem ehemaligen Kasernengelände befindet. Dort hat man die Mauern eingerissen und die Unterkünfte zu großen Klassenzimmern umgestaltet, in denen es noch immer nach dem Mief aus Soldatenzeiten zu riecht

Ich bin ein mittelmäßiger Schüler. Nur im Lesen und in Religion bin ich gut. Später – im fortgeschrittenen Schulalter – heimste ich zudem gute Zensuren im Aufsatzschreiben ein. Ein Bild, das mich zu der Zeit fasziniert, zeigt eine Hündin. Das wohl bekannteste

Lebewesen seiner Zeit: Laika, die Hündin, die mit der Sputnik 2 in den Weltraum fliegen durfte. Wir schreiben das Jahr 1957.

Ein paar Jahre zuvor wurde Deutschland Fußballweltmeister. Ein weiteres Ereignis, das mir noch bildlich vor dem geistigen Auge schwebt. Ich bin mir sicher, es liegt an den geröteten Gesichtern der Erzieher, die voller Begeisterung von dem „Wunder von Bern" sprechen als seien sie selbst mit von der Partie gewesen. Wir Kinder selbst bekommen ansonsten nichts von dem Trubel rund um Herberger, Rahn und Co. mit. Während den freien Menschen außerhalb der Mauern die Nachrichten rund um Sport, Politik und Kultur frei zugänglich sind und zur Diskussion stehen, müssen wir uns mit unserer eigenen Politik, selbst geschaffener Kultur und sportlichen Aktivitäten innerhalb der Mauern beschäftigen. Nichts drängt ohne Erlaubnis von außen zu uns rein und wir dürfen nicht ohne ausdrückliche Zustimmung raus. Es gibt nur zwei Ausnahmen: der Gang zur Kirche am Sonntagmorgen und im Herbst zur Erntezeit, wenn wir zum Knechten auf die Felder der Bauern aus der umliegenden Region geschickt werden.

Oh ja, die Erntezeit. Was dürfen wir da malochen. In unmittelbarer Nähe des Heims liegt ein großer Bauernhof. Zur Kartoffelernte werden die älteren Heimkinder als Helfer eingesetzt. Auch ich bin schon früh mit dabei. Ich bin zwar erst sechs Jahre alt, von der Statur her gehe ich aber auch gut und gerne als Zehnjähriger durch. Und so sammele ich zusammen mit 40 bis 50 anderen Kindern das Gemüse ein, das von dem Kartoffelwender freigelegt wird. Ein Teil der Ernte landet später auf unseren eigenen Tellern. Was wir fressen, müssen wir uns selbst aus der Erde kratzen. Damals weiß ich noch nicht davon. Erst viele Jahre später zeigen sich mir die Machenschaften zwischen Heimleitung, Pastor und Bauern. Mafiosi sind sie allesamt, diese Dreckssäcke. Warum? Nun, die Regeln sind ganz einfach. Der Pastor hat einen guten Draht zu den Landwirten, die unter anderem auch das Heim mit ihren Produkten beliefern – zum so genannten Vorzugspreis. Zur Erntezeit melden die Bauern ihren Bedarf an Helfern an, welche der Pastor dann an die Heimleitung weitergibt. Der Rest ist Geschichte.

Ich brauche an dieser Stelle nicht betonen, dass wir Kinder für unseren knüppelharten Einsatz selbstverständlich nicht entlohnt werden. Zumindest weiß aber unser bäuerlicher Arbeitgeber, wie man mit einer Belohnung die Effektivität und Ausbeute der Ernte enorm steigert. „Wer am meisten Kartoffeln aufsammelt, bekommt eine Dristorp-Taschenlampe", stellt er vor Arbeitsantritt in Aussicht. Das ist eine Taschenlampe mit drei Batterien, die will ich unbedingt haben. Ich dachte: „Toll, wenn du die gewinnst, kannst du nachts, wenn das Licht aus ist, die Decke über den Kopf ziehen und lesen." An diesem Tag schinde ich mir die Hände blutig, reiße mir die Fingernägel bis ans Nagelbett ab. Doch diese Hände ziehen abends, als das Licht im Schlafraum erlischt, die Bettdecke über meinen Kopf und knipsen meinen neuen Besitz an: die Dristorp-Taschenlampe.

Sonntags darauf pilgern wir wie gewohnt zur Kirche. Damals glaube ich noch an die Lehren der Kirche, was mich aber nicht davon abhält, die Kirche zu bestehlen. An diesem Tag lasse ich ein Gebetsbuch mitgehen. Denn bei meinen Kirchenbesuchen blättere ich immer wieder in dem Gesangsbuch, in dem ich auch viele Gebete finde, die mir zusprechen. Doch ich habe nie Zeit, mich ausführlicher mit ihnen zu beschäftigen. Das will ich mit meiner neuen Taschenlampe nachts unter meiner Bettdecke nachholen. Und es dauert nicht lange, da finde ich eine Passage, die ich in einer Nacht auswendig lerne und bis heute noch fehlerfrei aufsagen kann:

„Lieber Gott, du kannst alles geben, gib auch, was ich bitte nun, schütze diese Nacht mein Leben, lass mich sanft und sicher ruhen. Schau auch von dem Himmel nieder auf die lieben Eltern mein und lass sie alle Morgen wieder fröhlich und dankbar sein.“

Meine Nächte sind von da an für lange Zeit spannender als meine Tage. Neben der Lektüre des Gesangbuches sorgt aber noch ein ganz besonderer Weggefährte dafür, dass ich mich nicht ganz in meinen Ängsten und meinen Sehnsüchten verliere. Es ist „Sirius“, mein persönlicher Stern und noch heute ständiger Wegbegleiter. Ihm stelle ich die Fragen, die mich bewegen: Warum ist die Welt so ungerecht? Wo sind Mama und Papa? Warum hat man mich heute wieder geschlagen? Die Fragen sind so vielfältig wie die Probleme, die mich umtreiben. Selbstverständlich antwortet Sirius nicht direkt. Ich selbst versuche, mir die Antworten zu liefern. Doch in meiner Einbildung reagiert der helle Stern am dunklen Nachthimmel jeweils mit einem kurzen Aufflackern auf meine Dialogbereitschaft mit ihm.

Meine neu gewonnene Freundschaft mit Sirius will ich mit allen Mitteln pflegen. Ich greife auch zu ungewöhnlichen Mitteln, um meinem Sternen-Freund möglichst nah zu sein. Ein paar Betten weiter liegt ein Heimkind, das einen direkten Blick durchs Fenster hat. Diesen Platz will ich haben. Koste es, was es wolle. Meine Bestechungsstrategie, von den streng rationierten Mahlzeiten etwas an den Bettnachbarn weiterzugeben, geht auf. Gegen ein paar leckere Gaben ist er bereit, mit mir das Bett zu tauschen. Ich bin glücklich. Schlafe ich nun jeden Abend mit Sirius im Blickfeld ein. Das verschafft mir ein bisschen Ruhe, ein wortloser Trost.

Denn tagsüber gibt es keine Ruhe. Selbst bei Situationen, in denen der logische Menschenverstand Mitleid haben sollte, bei manchen Erziehern ist es Fehlanzeige. Eines Tages, ich komme von der Schule und bin spät dran, werde ich direkt vor dem Heimgebäude von einem Auto erfasst und durch die Luft geschleudert. Aus Angst vor Tadel bin ich von Eile getrieben und gehe achtlos über die Straßen des weiten Geländes. Der Unfall nimmt einen glimpflichen Ausgang. Etwas benommen, aber schmerzfrei rappele ich mich wieder auf, während der besorgte Fahrer des

Wagens mir beim Aufstehen hilft. Ich gehe, ohne mich weiter um ihn zu kümmern, zielstrebig rüber zum „Wigwam", dem Heimgebäude. Der Erzieher, der meine unfreiwillige Begegnung mit dem Kotflügel des Autos beobachtet hatte, tröstet mich nicht. Fragt nicht besorgt nach meinem Wohlbefinden. Stattdessen befiehlt er: „Hose runter!" Und mit dem Rohrstock versohlt er mir mein Hinterteil, hinterlässt da tiefe, rote Striemen. Nein, das hat wahrlich nichts mit Mitleid oder Fürsorge zu tun. Zur Krönung schickt er mich ins Bett: „Sofort hinlegen. Kein Essen."

Es ist nur eines von vielen Beispielen für eine Individualstrafe. Richtig einfallsreich können die schlimmsten Erzieher bei Kollektivstrafen werden. Eines Abends lassen wir unserem kindlichen Spieltrieb im Schlafsaal freien Lauf. Erst fliegt ein Kissen durch die Luft an den Kopf eines Kindes. Dann folgt ein zweites, drittes, viertes. Schließlich geben wir uns alle einer Freude bringenden Kissenschlacht hin, bei denen die Bezüge aufplatzen und die Kissenfedern durch die Luft wirbeln. Bald erkennt man vor lauter Federzeug seine Hand vor Augen nicht mehr. Es ist einer der Momente, in denen wir uns zusammen und gegenseitig ein Strahlen ins Gesicht zaubern. Der Schlafsaal, der sonst nur das Schluchzen und Weinen der leidgeplagten Kinder zu hören bekommt, wird nun mit herzerfrischendem Gekicher und Gelächter erfüllt. Bis sich plötzlich die Tür öffnet und der Erzieher mit erhobenem Rohrstock in der Tür steht. Niemand wagt auch nur einen Mucks von sich zu geben. Stille. Gespenstisch sinken die Federn langsam zu Boden. Das fröhliche Treiben findet ein jähes Ende. Mit seiner autoritären Stimme brüllt uns der Erzieher an: „Raus! Alle raus!“ Im Flur müssen wir uns in einer Reihe aufstellen. Mit dem Rücken zur Wand, die Arme im Neunziggradwinkel nach vorne gestreckt. Und so patrouilliert er eine gefühlte Ewigkeit vor uns her. Wer es wagt, seine Arme vor Erschöpfung zu senken, bekommt den Rohrstock auf seinen Fingern zu spüren. Keine Ahnung, wie lange das geht. Vielleicht Stunden. Aber wann und wie es endet, weiß jeder der Beteiligten: als die ersten Kinder vor Erschöpfung umkippen. „Das soll euch eine Warnung sein. Nehmt die Schlappschwänze mit. Und jetzt absolute Ruhe im Schlafsaal“, droht er uns. Wir liefern uns danach nie wieder eine Kissenschlacht.

Wenn ich heute von meinen Erlebnissen im Kinderheim erzähle, hängen mir meine Zuhörer sprichwörtlich an den Lippen. Die Geschichten, die ich erzähle, geben im Grunde genommen immer die drei Lebensmodelle im Heim wieder: siegen und stehen bleiben, verlieren und wieder aufstehen und mitlaufen, was weder etwas mit Stehenbleiben noch mit Aufstehen zu tun hat. Ich will kein Mitläufer und erst recht kein Verlierer sein. Nur geliebt werden. Ein Privileg, das meist den Siegern vorbehalten ist. Aber Helden pissen nicht ins Bett. Bis zu meinem achten Lebensjahr bin ich im teuflischen Kreis der inneren Unruhe gefangen. Zeige ich mich in jungen Jahren schon nach außen hin mit meiner harten Schale, so sorgt meine labile Psyche, genährt durch den menschenfeindlichen Umgang mit uns Kindern, für einen butterweichen Kern. Nacht für Nacht scheine ich den Kampf gegen meine psychischen Differenzen zu verlieren. Ich pisse ins Bett und stehe diesem Umstand hilflos gegenüber. Als wenn es zu der Zeit nicht ohnehin schon schwer genug für mich ist, morgens in meiner eigenen Pisse aufzuwachen und es Tag für Tag verheimlichen zu wollen, muss ich noch den Unmut des Erziehers und die Hänseleien der anderen Kinder über mich ergehen lassen. Manchmal versuche ich, mit meiner bloßen Hand das eingenässte Bettlaken trocken zu rubbeln, damit mein nächtlicher Ausflug ins Paradies der Bettpisser unbemerkt bleibt.

Doch es hilft nichts. Der Erzieher schaut genau nach und ruft: „Was ist denn das schon wieder?“ Dann nimmt er meinen Schlappen, den ich am Abend zuvor ordentlich abgelegt hatte, und prügelt damit auf mich ein. Solange bis er vor Erschöpfung innehält. Das passiert so oft, ich vermag es nicht in der Menge auszudrücken, die Art allerdings sorgt nachhaltig bis zum heutigen Tage dafür, dass diese Prügel in Erinnerung bleiben.

Aber das sind Prügel. Nichts Ungewöhnliches für mich und die anderen Heimkinder. Das steht halt auf der Tagesordnung. Viel schlimmer ist, dass mich meine Weggefährten lauthals mit den Worten „Bettpisser! Bettpisser!“ drangsalieren. Morgens im Schlafsaal, beim Frühstück, ja eigentlich den ganzen Tag. Ein Umstand, der mir meinem Kampf - auf dem Weg zum Sieger - immer wieder Steine in den Weg legt. Wer weiß, wie lange ich vielleicht noch diesen verzweifelten Kampf ergebnislos weiter führen muss. Doch eines Tages gibt mir ein älterer Heimjunge einen wertvollen Tipp. Er zeigt Mitleid mit mir und sagt: „Norbert, du musst es folgendermaßen machen: Wenn einer zu dir Bettpisser sagt, dann wartest du die nächste Nacht ab, bis er schläft, stellst einen Eimer mit lauwarmem Wasser neben sein Bett, nimmst seine Hand, hältst sie rein und wartest, bis er selber ins Bett pisst.“ Ich bin nicht wirklich vom Erfolg dieses vermeintlichen Racheaktes überzeugt und schaue den großen Jungen ungläubig an. „Das funktioniert garantiert“, sagt er und erklärt mir auch warum. „Wenn die Finger das warme Wasser merken, löst es einen Reflex beim Menschen aus, dass man das Gefühl bekommt, als wenn man pinkeln muss.“ Seine Worte werden Jahre später von einem Psychologen untermauert, den ich als Jugendlicher aufsuchen musste und wo das Thema Bettnässen zur Sprache kam.

Ich sehe ihn noch heute vor mir, den Jungen, der mich von allen Kindern am lautesten und penetrantesten mit der Bettpisserei aufzieht: der blonde Fritz. Er ist vielleicht zwölf, 13 Jahre alt und eigentlich vom Erscheinungsbild her selbst ein potenzieller Kandidat für Hänseleien. Seine schlaksige Figur ist gekennzeichnet von einer Hühnerbrust und wurde krönend mit einer auffällig großen Hakennase garniert. Vielleicht wird er von den Gleichaltrigen gerade deswegen gemobbt und gibt seinen Frust daher an die Jüngeren, vermeintlich Schwächeren – so wie mich – weiter. Das nimmt allerdings eines Tages ein Ende.

Nämlich am Morgen nach meinem nächtlichen Experiment mit einem Eimer lauwarmen Wasser, in das ich behutsam seine Finger steckte, während er tief schlummerte. Das Gefühl der Genugtuung am nächsten Morgen lässt sich schwer beschreiben. An diesem Tag ist der blonde Fritz mit seiner Hakennase der Bettpisser. Und ich bin aus dem Schneider, die Hänseleien gegen mich hören mit dem Verstummen des Wortführers Fritz schlagartig auf.

Hänseleien hatten im Heim aber noch viele andere hässlichen Fratzen. Manchmal bleibt uns nichts anderes übrig als sie im wahrsten Sinne des Wortes nieder zu prügeln. Eine Schlüsselszene ereignet sich während eines Herbsttages auf dem Schulhof, wo wir in der Regel in den Pausen Völkerball spielen oder anderweitig herumtollen. Da ist dieser starke Junge, der mich fortlaufend beleidigt und rumpöbelt. Ich frage mich immer, warum er das macht. Ich habe ihm doch nichts getan, es gibt keinen Anlass für seine Anfeindungen. Die Wut steigt immer weiter in mir auf, doch ich weiß nicht wohin damit. Meine Freunde warnen mich: „Pass auf, wenn der dich in die Mangel nimmt, dann macht der dich alle.“ Und wieder ist es ein älterer Junge, der mich beiseite nimmt und mir zuredet: „Mensch

Norbert. Lass dir das doch nicht gefallen. Du musst ihn dir einfach mal packen und verprügeln. Trau dich!" Und tatsächlich: Ich wage es, packe mir den Kerl bei nächster Gelegenheit, werfe ihn in einen großen Laubhaufen und prügele ihn. Meine Fäuste fliegen wie ein Trommelfeuer auf ihn ein. Der Laubhaufen dampft und ich halte erst mit meiner von Wut getriebenen Attacke inne, als er jämmerlich heult und fleht: „Hör' bitte auf. Meine Haare bluten!" Seine Haare bluten? Nun, wenn auch mir in diesem Moment die Unwahrscheinlichkeit dieses Umstandes eigentlich bewusst sein müsste, lasse ich von ihm ab. Danach hänselt er mich nie wieder und ich habe mich selbst in den Stand der Respektpersonen erhoben – auf dem Schulhof. Das war ein prägendes Erlebnis für mich. Zum ersten Mal wird mir bewusst, dass ich kann, wenn ich will. Wenn ich kämpfe, dann bin ich auf der Siegesstraße. Ein Motto, das mich noch heute formt und durchs Leben begleitet. Es nimmt mir viele Tränen.

Ich bin damals vielleicht auf dem Schulhof der Sieger, im Heim haben aber andere den Hut auf. Allen voran die Heimleiter. Der erste, an den ich mich erinnern kann, war ein großer fetter Mann. Ein Schweinepriester, wenn ich mich daran entsinne, wie er mit seinen riesigen Pranken unter mein Nachthemd fährt und mir an den Eiern krault. Das tut er mit einer Kaltschnäuzigkeit, ich bin unfassbar irritiert. Selbst am Tag seines Abschieds scheint er sich mit seiner Fummelei an meinen Genitalien verewigen zu wollen. Es ist der Abend nach seiner Hochzeit, die er mit großem Trara tags zuvor auf dem Heimgelände feierte. Irgendwie paradox, wenn man sich vorstellt, dass er sich in seinem speckigen Frack und den von den Knaben gewienerten Schuhen von uns Kindern feiern ließ, denen er Jahre lang psychisches und physisches Leid zufügte. Das Bild meiner Erzieherin Tante Magret werde ich nie vergessen. Wie sie, offensichtlich hasserfüllt mit geballten Fäusten und Tränen in den Augen, den Festumzug verfolgt. Ob es Tränen der Erlösung sind, weiß ich nicht. Zumindest weiß sie von seiner pädophilen Neigung. Nur steht sie ihm als Angestellte scheinbar machtlos gegenüber. Doch endlich verlässt er die Wirkungsstätte seines diktatorischen Machtgehabes - nicht ohne am letzten Abend seine Hände zwischen unsere Beine zu packen und uns mit warmherzigen Worten zu verabschieden. Er wandert mit seiner frisch Vermählten in die USA aus, wo er sehr wahrscheinlich weiterhin seinen schamlosen Trieben frönt.

Die Hoffnung auf einen Nachfolger mit pädagogisch wertvollem Fingerspitzengefühl hat sich für uns nicht erfüllt. Der neue Direktor ist ein schmaler, schneidiger Mann mit einer kleinen Drahtbrille. Nicht nur seine Erscheinung führte unweigerlich zum Vergleich zu einem der führenden Nazi-Köpfe aus dem Dritten Reich: Heinrich Himmler. Der Neue gehört, ebenso wie viele andere Mitarbeiter des Heims, zu den Ewiggestrigen ohne pädagogische Ausbildung, die der krankhaften Nazi-Herrschaft noch immer nachtrauern. Die braune Gesinnung, die Ideologie, hat sich fest in ihren Köpfen verankert. Oft höre ich die Stimme des später verhassten Führers mit dem typisch rollenden „R" aus den Monologen des neuen Direktors heraus. „Errrziehung durrrch Arrrbeit", lautet sein Motto. Wir Kinder müssen uns jeden Morgen über unsere Arbeitseinsätze auf eigens erstellten Organisationsplänen informieren. Disziplin ist dann höchstes Gebot. Wer vergisst, sich zu informieren, bekommt Prügel. So mussten die einen abwaschen, die anderen die Schlafsäle wienern oder die Sozialräume säubern. Bad und Toilette sind unsere Strafkolonien – die Orte, wo sich manchmal der Kinderfrust in Form von Kritzeleien, Urin oder Scheiße an den Wänden und der Klobrille abzeichnete. Wir müssen alles selber machen. Auch beim Bettenmachen gibt es kein Pardon. Es ist wie bei der Wehrmacht, die unsere Erzieher zum Teil selbst noch erlebt haben. So mancher Leser wird Ähnliches aus Bundeswehrzeiten kennen: Alles muss auf Kante gelegt, sauber geknickt und gefaltet werden – wie mit dem Lineal gezogen. Trotz aller Sorgfalt, die wir beim Bettenmachen an den Tag legen, in den Fällen der Inspektion durch die Erzieher ist viel zu oft alle Mühe umsonst. Dann wirbeln sie alles durcheinander und wir müssen von neuem anfangen. Noch heute mache ich mein Bett ungern selbst.

Der erhoffte Umschwung durch den neuen Diktator bleibt also leider aus. Wir kommen vom Regen in die Traufe. Und ich habe weiterhin diesen Furcht einflößenden Traum: ein Hund, der mich verfolgt. Beide sind wir in einem tiefen Wald. Allein. Ich komme nicht von der Stelle. Der Hund beißt mir ins Bein. Ich brülle vor Schmerz und wache auf. Um mich herum halb aufgerichtete Kinder in den Betten. Jede Nacht schreien diese Kinder. An Schlaf ist nicht zu denken.

***Norberts Hände zittern. Seine Gedanken machen eine kurze Pause. Ein Moment, den er für die Gegenwart nutzt. Er löst seine Hände von der PC-Tastatur, streckt sie gen Himmel und versucht, die bereits aufkommenden Krämpfe in den Fingern durch hektisches Bewegen zu lösen. Ein Blick auf die Uhr verrät, dass er bereits viele Stunden damit verbracht hat, seine Erinnerungen niederzuschreiben. Irgendwie hatte er sich das viel einfacher vorgestellt. Das Schreiben kostet ihn mehr Kraft als angenommen. Dabei reden wir hier gar nicht von physischen Anstrengungen. Es ist vielmehr die Psyche, die Norbert bei diesem Prozess zu schaffen macht. Denn schließlich geht es hierbei ja nicht nur darum, dass er einfach nur seine Erlebnisse aus der Kindheit und Jugend zusammenfasst, sondern auch darum, dass er sich ganz konkret mit einzelnen Situationen, schicksalsträchtigen Momenten und Personen aus der Vergangenheit auseinandersetzt und seine tragische Geschichte aufarbeitet. Immer wieder muss Norbert mit den Tränen kämpfen, wenn er mit seinen Fingern in die Tastaturen schlägt.

Diese Traurigkeit kommt nicht aus heiterem Himmel, sie war ja schon immer da. In all den Jahrzehnten, in denen er Freunden und Bekannten von seinem Dasein im Heim in Delmenhorst oder den Begebenheiten aus den Folgejahren berichtete. Oder ihn einfach nur Schlüsselmomente dazu animierten, sich an die unschönen Momente der Vergangenheit zu erinnern.

Das waren die Momente der Traurigkeit. Doch es war nicht alles schlecht, damals während der Kindheit und der Jugendzeit. Es gab ja auch erfreuliche Momente, an die sich Norbert noch bis heute gerne erinnert. Und diese Begebenheiten möchte er auf gar keinen Fall unterschlagen. Nicht nur auf die Tränendrüse drücken, wenn er auf sein außergewöhnliches Leben zurückblickt.

Aber das mit der Wahrnehmung der Erinnerungen ist schon ein komisches Spiel. Norbert fragt sich, wie er es schaffen konnte, sich an so viele Details aus der frühesten Kindheit zu erinnern. Er kann sich das nur damit erklären, dass ihn eben jene Zeit besonders prägte. Vielleicht ist es noch nicht einmal die Zeit, sondern einfach diese sehr außergewöhnlichen Begebenheiten und Dinge, die ihm widerfahren sind, die sich unauslöschlich in sein Hirn gebrannt haben. Viele Erinnerungen haben sich im Laufe der Jahre auch zum Negativen oder zum Positiven entwickelt, weil sich für Norbert der Blickwinkel der Tatsachen änderte. Erkenntnisse aus der Wissenschaft, gesellschaftliche Diskussionen und nicht zuletzt der eigene Reifeprozess haben Norbert dazu veranlasst, vereinzelte Erlebnisse anders zu interpretieren. Und natürlich passiert es auch, dass sich die Erinnerungen mit der Gegenwart vermengen. So hat sich Norbert viele Jahre keine Gedanken über das Eierkraulen seines ehemaligen Heimdirektors Gedanken gemacht, wenngleich ihm dieses Gefühl damals Unbehagen bescherte. Erst Jahre später wurde Norbert das schamlose Treiben des erwachsenen Erziehers bewusst. Und so entwickelte sich aus der einst neutralen Person Heimleiter aufgrund der neuen Erkenntnisse ein Drecksack und Schweinepriester, der seine pädophilen Triebe an den unschuldigen Schutzbefohlenen auslebte.

Man kann also durchaus sagen, dass alles was Norbert zu Papier bringt, ein Gemisch aus seinen Erinnerungen an die damalige Zeit und der Interpretation der Geschehnisse in der Gegenwart ist. Für ihn gibt es schon seit der Kindheit keine Veranlassung, seine Ausführungen zu beschönigen, seinen Erlebnissen eine nicht gelebte Wahrheit zu verpassen. Für ihn gilt schon immer, seine Erfahrungen unverblümt weiter zu erzählen. Nicht, weil er sich rechtfertigen will oder wollte, sondern weil das Geschehene seinen Lebenslauf so anders macht als den seiner Wegbegleiter, Lebenspartner, Zuhörer. Und ja, auch, weil er das Gefühl hat, sich damit seinen aufgestauten Frust von der Seele zu reden. Sich zu verkriechen und in einem stillen Kämmerlein mit den Tragödien seines Lebens auseinanderzusetzen, war noch nie sein Ding. Die seelische Aufarbeitung durch den Dialog mit seinem Umfeld, das war sein ganz persönliches Ventil, um Frust und Lust der vergangenen Jahrzehnte zu verarbeiten.

Doch allzu oft sind gesprochene Worte nur Schall und Rauch. Wohl auch einer der Motive, warum Norbert nun an seinem hölzernen Sekretär sitzt und seine eigene ganz persönliche Geschichte schwarz auf weiß zu Papier bringt. Denn so besteht zumindest die Möglichkeit, dass eine breitere Öffentlichkeit nicht nur über seine eigenen Erlebnisse liest und darüber nachdenkt, sondern auch gleichzeitig durch seine Zeilen in die Welt vieler Tausender Heimkinder der Nachkriegszeit eintauchen kann. Natürlich hat jedes einzelne Kind seine individuellen Erfahrungen gemacht. Doch Norbert ist überzeugt, dass sein Lebenslauf in seiner Grundstruktur nicht einzigartig ist und im Groben den Werdegang vieler ehemaliger Heimkinder widerspiegelt. Seien es nun die Ängste, die sexuellen Missbräuche, das Abdriften in die Kriminalität, das Misstrauen gegenüber der Gesellschaft.

Doch eins ist und bleibt für Norbert einzigartig: Sirius, sein Wegbegleiter am Firmament. Er hebt sich von seinem Schreibtisch und schlendert hinüber zum Fenster. Mittlerweile ist es dunkel geworden. Wie automatisiert wendet Norbert seinen Blick in Richtung seines Lieblingssterns. Der Himmel ist klar und mit einer Intensität, wie es ihm kein anderer Stern gleich tut, leuchtet Sirius auf Norbert hinab. Es ist, als wolle Sirius ihm mit seinem Flackern bedeuten: „Ich bin bei dir."

Weiter geht's, denkt sich Norbert wohl, dreht sich um und geht geradewegs auf seinen Sekretär zu. Er setzt sich hin, reibt sich in gewohnter Manier aufmunternd die Hände, schaut mit scheinbar leerem Blick an seine Zimmerdecke und sucht in Gedanken nach seiner nächsten Erinnerung.

Und die ist schön und tragisch zugleich. Denn es ist die erste bewusste Begegnung mit seiner Mutter, die er bis zu ihrem Tod geliebt und gehasst hat. ***

Es ist wieder Weihnachtszeit und ich freue mich darauf, erneut mit Tante Magrets Familie das Fest zu feiern und mit der Dampflok durch das Oldenburger Land zu zischen. Ich sehe mich schon wieder im Lokführerstand stehen, die Kohleschaufel in der Hand, fleißig das Feuer schüren. Doch dieses Jahr sollte mir eine Wiederholung des Vorjahreserlebnisses nicht vergönnt sein. Denn ohne mein Wissen hatte sich meine Mutter bemüht, mich über die Weihnachtstage zu sich und ihrem neuen Ehemann zu holen. Viel später erfuhr ich, dass er es war, der meiner Mutter ins Gewissen redete, mich zu sich zu holen.

An diesem Morgen tritt Tante Magret an mein Bett und weckt mich. „Guten Morgen, Norbert. Ich muss dir was sagen", flüstert sie mir ins Ohr. „Du kannst dieses Jahr leider nicht mit zu uns und Weihnachten feiern. Deine Mutter ist da und wird dich mit nach Düsseldorf nehmen. Komm, beeil Dich. Zieh dich an und pack schnell deine Sachen. Ihr müsst den Zug kriegen." Ich weiß erst gar nicht wie mir geschieht, gehorche aber Tante Magrets Worten und schmeiße mich in meine Klamotten. Als ich aus dem Schlafsaal in den Flur trete, sehe ich sie: meine Mutter. Jahrelang hatte ich von einer ersten Begegnung mit ihr geträumt, dafür sogar gebetet. In meiner Fantasie hatte meine Mutter aber eine etwas andere Erscheinung als in der Realität. In meinen Träumen war sie groß gewachsen, hatte wunderschöne große braune Augen, wie ich sie auch von meiner heiß geliebten Tante Magret kannte. Sie hatte das Ebenbild eines Engels oder zumindest, wie sich ein Achtjähriger einen Himmelsboten vorstellt. Lange blonde Haare, weiche Gesichtszüge und ein warmherziges Lächeln. Vor allem aber strahlte dieser Engel eine Kraft aus, die mir signalisierte, mich aus dem Elend zu holen, zu beschützen und zu umsorgen. Meine Fantasie-Mama nahm mich an meine Hand und führte mich fürsorglich durchs Leben. Und sie verjagte den gefährlichen Hund, der mich immer wieder in meinen Träumen mit seinen Bissen plagte.

Die Frau im Flur sieht jedoch anders aus. Sie hat was Versteinertes an sich, mit strengen Gesichtszügen, kein Lächeln, schulterlange dunkle Haare, ihr groß gewachsener Körper in ein schwarzes Kostüm gezwängt. Schwarze Nylonstrümpfe mit markanter Naht und hochhackige, pechschwarze Schuhe zieren ihr Beinkleid. Ihre Fingernägel sind rot lackiert und ihre Lippen mit auffällig kirschrot leuchtendem Lippenstift geschminkt. Eine aufgetakelte Diva. Und, wenn ich heute noch darüber nachdenke, sah sie damals schon aus wie eine Nutte – was sich ja auch im Laufe der Folgejahre bestätigte. Nein, mit einer engelsgleichen

Gestalt hat meine Mutter nichts gemein. Einzig ihre Vollbusigkeit imponiert mir. Doch es kann mir nicht meine Berührungsängste nehmen.

Ich klammere mich fest an Magrets Körper. So, als wollte ich ihr sagen: „Nimm du mich mit. Ich will nicht mit dieser fremden Frau nach Düsseldorf!“ Doch ehe ich mich versehe, reißt mich meine Mutter von ihr weg und sagt: „Komm, ich bin deine Mutter.“ Sie küsst meine Hand, drückt mir einen dicken Schmatzer auf die Wange und fordert mich auf: „Los, zieh dir deine Jacke an, wir müssen zum Bahnhof. Unser Zug geht gleich.“ Weniger als eine Stunde später sitze ich mit ihr auf der hölzernen Bank des Zugabteils, auf dem Weg von Delmenhorst nach Bremen, unserem Umsteigebahnhof. Am Fenster ziehen wieder die schemenhaften Wolken vorbei, die vorne aus dem rauchenden Schlot der Lokomotive zischen. Unweigerlich erinnert mich diese Szenerie an Tante Magret und ihren Vater.

Noch immer gehe ich auf Distanz zu meiner Mutter, was auch die anderen Fahrgäste bemerken. Es scheint, als wundern sie sich über das vermeintlich ungleiche Paar. Dieser kleine Junge, der die Frau griesgrämig auf Abstand hält. Welches Geheimnis wohl dahinter stecken mag, scheinen sie sich zu fragen. Als meine

Mutter mir wieder mal mit einer Ladung Spucke in ihrer Handfläche meinen Pony richtet und ich wieder etwas störrisch darauf reagiere, lächelt sie in die Runde und sagt: „Das ist mein Sohn. Ich habe ihn gerade im Heim abgeholt und wir feiern zusammen Weihnachten.“ Die zuvor eher misstrauischen Gesichtszüge der Fahrgäste verwandeln sich in wohlwollende lächelnde Antlitze. „Ach, schau mal, die liebe Mutter und ihr Sohn. Sie werden ein schönes Weihnachten erleben.“. Die unangenehme Spannung im Abteil löst sich und weicht der Heiterkeit.

In Bremen müssen wir in einen anderen Zug steigen, der uns ans Ziel nach Düsseldorf bringen soll. Die Wartezeit überbrückt meine Mutter mit einem Asbach Uralt – es war noch früh am Vormittag - und mehreren Ernte 23 Zigaretten. Es scheint, als würde sie eine gewisse Scham oder einfach nur Nervosität umtreiben. Ich schlürfe an einer Cola und kann es nicht deuten. Kann ich aber heute auch noch nicht ganz. Außer, dass meine Mutter offensichtlich ein Alkoholproblem hatte. Damals schon. Wer trinkt schon am frühen Morgen so ein hartes Zeug?

Während der ganzen langen Reise erzählt sie mir dauernd von meinem Stiefvater, Hermann Kran, der sich angeblich riesig auf meine Ankunft freut. Von ihr erfahre ich im Vorfeld meiner ersten Begegnung mit ihm, dass er schon älter ist. Er ist 70 Jahre alt, meine Mutter gerade 48 Jahre. Den Lebensunterhalt verdient er sich als Oberkellner in einem angesagten Düsseldorfer Restaurant. Mutter liebt ihn sehr, sagt sie mir zumindest. Ich kann nicht verneinen, dass ich sehr gespannt auf ihn bin. Und so stehen wir schließlich in der Talstraße in Düsseldorf vor dem Wohnhaus. Aus einem der oberen Fenster winkt uns ein grauer alter Mann mit Hornbrille zu. Im ersten Moment bin ich mir nicht sicher, ob er uns meint. Aber dann sagt meine Mama: „Das ist dein neuer Vati. Lass uns hochgehen." Ich antworte seinen Gruß und trete in eine neue Welt. Die Familienwelt, die ich jahrelang so sehr vermisste.

Oben in der Wohnung angekommen, nimmt mich mein neuer Stiefvater sofort in seine kräftigen Arme und knuddelt mich. „Hallo Norbert. Willkommen. Ich bin Hermann", sagt er. Ich fühle mich sofort bei ihm geborgen. Es ist ein ganz anderes Gefühl als bei meiner Mutter. Hermann setzt Kaffee auf und serviert Kuchen. Mit einer Selbstverständlichkeit eines gelernten Kellners. Das ist nicht zu übersehen. Dabei fragt er mich unheimlich viele Dinge über mein bisheriges Leben im

Heim. Unser Dialog dient ohne Zweifel zum gegenseitigen „Beschnuppern". Und es hilft. Ich mag ihn und er mag mich. In den folgenden Tagen bemüht er sich sehr, mir ein angenehmes Zuhause zu bereiten. Jahre später erfahre ich, dass er sogar beim Jugendamt einen Antrag stellte, mich ganz zu sich zu nehmen. Daraus wurde nichts. Nicht zuletzt, weil Hermann kurz darauf starb und die Aussichten meiner Mutter aufgrund ihrer Vorgeschichte, ihrem unsteten Lebensalltag und ebenso fragwürdigen Lebenswandel in der Hinsicht ohnehin nicht gut waren.

Einen Tag vor Heiligabend zeigt mir Hermann, wie man Weihnachtskekse backt. Ich erinnere mich noch genau an den zuckersüßen Teig, den ich als Kind natürlich naschen durfte, und an die Kokosmasse, die wir zusammen auf Oblaten schichteten. Hermann erklärt mir jeden Schritt ganz genau. Wie man den Teig anrührt. Wie man ihn knetet. Wie man ihn mit einem Nudelholz ausrollt. Hermann backt und kocht gerne. So, wie ich es heute auch gerne tue. Manchmal denke ich darüber nach, ob mein Stiefvater derjenige war, der bereits damals in mir die Leidenschaft für das Kochen weckte. Es gibt darüber hinaus aber noch andere Dinge, die mir Hermann durch sein Wirken für meinen weiteren Lebensweg auf den Weg gab. Er war auch kunsthandwerklich begabt. Sein Steckenpferd war das Formen von Speckstein. Kleine und große Figuren entstanden aus der Fantasie dieses Mannes, der durch sein betagtes Aussehen für mich Vater und Großvater zugleich wurde. Mit funkelnden Augen und voller Begeisterung betrachte ich seine Werke. So wie die drei berühmten Affen, die er aus Speckstein formt, die nichts sehen, nichts hören, nicht sagen. Eine Faszination, die mich scheinbar bis zum heutigen Tag nicht losgelassen hat. Denn schließlich bin auch ich Künstler geworden. So wie Hermann. Man kann also sagen, dass er das Saatkorn meines künstlerischen Wesens schon damals pflanzte. Allerdings lassen die widrigen Umstände meines damaligen Lebens nicht zu, dass ich mich künstlerisch entfalten kann. Den Schritt wage ich erst viele Jahre später. Nach dem Tod meiner Mutter.

Die Zeit in Düsseldorf verbringe ich mehr mit Vati, wie ich ihn liebevoll nenne, als mit meiner Mutter. Die Alte ist tagsüber putzen, Vati muss erst zur Spätschicht ins Restaurant. Er nutzt dabei die Zeit, um mit mir spazieren zu gehen, mir Düsseldorf zu zeigen, vor allem aber sich mit mir zu präsentieren. Immer wieder erfüllte es mich mit Stolz, wenn er mich den Leuten als seinen Sohn vorstellt. Oder, wenn er auf der Düsseldorfer Königsallee Radschläge macht. Wohl gemerkt, mit 70 Jahren! Hermann beschert mir ein befreites Leben in diesen Tagen. Ganz anders als mein Dasein im Getto-Heim, wo Prügel und Häme auf der Tagesordnung stehen. Das ist alles vergessen, wenn ich mit Vati die Zeit verbringe. Das oberflächliche Verhalten meiner Mutter nehme ich auch kaum wahr. So kurzweilig sind die Erlebnisse mit Hermann.

Die wenige Zeit, die ich mit meiner Mutter verbringe, bietet wenig Platz für viele prägende Erinnerungen. Dabei ist es doch das erste Mal, dass ich meiner Mutter begegne. Man sollte annehmen, sie würde sich umso bemühter im Umgang mit mir zeigen. Tut sie aber nicht. Obwohl es eine Erinnerung an sie gibt, die anderes vermuten lässt. Es ist abends. Hermann hat die Wohnung bereits verlassen, um seine Schicht im Restaurant anzutreten. „Zeit für die Wanne", sagt meine Mutter. Im Badezimmer stehen eine kleine Wanne, daneben eine große Zinkschüssel und ein gusseiserner Kohleofen, mit dem sie das Badewasser erhitzt. Ich steige rein und da passiert etwas, was für mich jahrelang ein Zeichen der mütterlichen Liebe ist. Heute weiß ich, dass es die Anfänge des sexuellen Missbrauchs meiner Mutter mir gegenüber waren. Nackt stehe ich vor ihr, sie seifte mich von oben bis unten ein. Plötzlich ergreift sie meinen gerade mal siebenjährigen Penis, tätschelt ihn, ehe sie ihn kurz in den Mund nimmt, wenige Sekunden mit ihren vollen Lippen daran lutscht und dann schließlich wieder von mir ablässt. Prüfend betrachtet sie mein Glied, ihre Hände um meine Hüften geschlungen und sagt: „Das ist mein Pullerchen, der gehört nur mir!“ Ich denke nur: „Meine Mama liebt mich wirklich mit Haut und Haaren.“ Wie ich mich täuschen sollte.

Nach Neujahr geht es für mich zurück ins Heim. Die ersten Wochen sehne ich mich so sehr zurück nach Düsseldorf zu Mutti und Vati, dass ich kaum einen Bissen zu mir nehme. Tante Magret beobachtet meinen Umstand sorgenvoll und zieht sogar in Erwägung, mich ins Krankenhaus zu bringen, so sehr hungere ich aus Kummer. Aber ich fange mich wieder und gehe zur normalen Tagesordnung über, lebe in den Tag hinein, die Stunden bis zum nächsten Aufenthalt in Düsseldorf zählend. In dem Jahr haben meine Erzieher jedoch vorerst noch andere Pläne für mich.

Eines Tages, es ist mittlerweile Sommer, überrascht Tante Magret mich mit einer besonderen Nachricht. „Der Herr Pastor, dein neuer Vormund, ist da und wird dich heute mitnehmen. Du kommst in eine Pflegefamilie auf dem Land. Da wirst du es gut haben", sagt sie. Die Familie Müller habe kleine Kinder und jede Menge Tiere. Magret macht mir mein geplantes neues Leben in frischer Umgebung wirklich schmackhaft. Das klingt zunächst nach einer freudigen Nachricht. Das Heim würde ich garantiert nicht vermissen. Auch die Sehnsucht nach Tante Magret würde sich in Grenzen halten, da sie nun auch nicht ständig für mich da sein konnte.

Also packe ich dieses Mal alle meine Sachen zusammen, nichts bleibt in dem verhassten Heim zurück, und steige bei Pastor Vogel in den beigefarbenen VW-Käfer. Die Fahrt führt uns ins mehr als hundert Kilometer entfernte Hatzte im Kreis Bremervörde. Der Empfang ist nicht gerade herzlich, es herrscht zudem großer Trubel auf dem Bauernhof. Im Stall kalbt eine Kuh und der Herrgott lässt strömenden Regen und Blitz und Donner walten. Als Neuankömmling darf ich dem Kalb einen Namen geben und es auch fortan betreuen. Das Kalb Uschi gehört zu den wenigen angenehmen

Erinnerungen dieser Zeit. Ebenso die Tatsache, dass mir Onkel Hans, das Familienoberhaupt, das Melken beibringt.

Bei Familie Müller werde ich fünf Jahre leben, bis ich die Schnauze voll habe. Denn das Leben auf dem Hof ist alles andere als ein Zuckerschlecken. Vor und nach der Schule muss ich jeden Tag hart arbeiten. Ställe ausmisten, Rüben ziehen, Heu einfahren, Korn bündeln, Kühe melken - eben alles, was man auf einem Bauernhof so machen muss. Freizeit habe ich so gut wie keine. Und das als achtjähriger Bengel. Entlohnt werde ich natürlich nicht für meinen Dienst. Nicht einmal ein Taschengeld gibt es. Aus heutiger Sicht ist mir sonnenklar, ich wurde von Hans nur als billige Arbeitskraft angeschafft. Ich wurde nie vollständig akzeptiertes Familienmitglied. So, wie es unzähligen anderen Kindern zu der Zeit auch erging. Mein Lohn damals sind Prügel und tonnenweise Bratkartoffeln. So viele Bratkartoffeln, dass sie mir zu den Ohren raus kommen.

Eine typische Szenerie an der Speisetafel ist der reich gedeckte Tisch mit reichlichen Wurstwaren, die Onkel Hans selbst herstellt. Jägerwurst, Blutwurst, Schinken. Eigentlich ist mehr als genug da, aber ich darf mir nie etwas davon nehmen. „Was hast du vor“, fragt mich mein Pflegevater, als ich einmal ein Stück Wurst greifen will. „Ich wollte mir auch ein kleines Stück Fleisch nehmen“, sage ich verschüchtert. „Nee, nee, mein Lieber. Du kannst dir da noch Bratkartoffeln nehmen. Wurst gibt es nicht für dich“, befiehlt er. Welche schreiende Ungerechtigkeit. Da schufte ich den ganzen Tag wie ein Tier und entsprechend groß ist mein Hunger, doch mir ist noch nicht einmal etwas vom im Überfluss vorhandenen Fleisch vergönnt. Ein paar Jahre später will ich das Spiel nicht mehr mitmachen und büxe heimlich nachts aus.

Leider greift mich die Polizei wenige Kilometer weiter wieder auf, weil ich zur unchristlichen Nachtzeit in meinen jungen Jahren in der Gegend unterwegs war, und bringt mich zurück auf den Hof. „Hier ist der Ausreißer“, sagt der eine Polizist und übergibt mich dem überraschten Pflegevater. Die Uniformierten sind kaum vom Hof, da setzt es tierische Prügel für mich. Ein Grund mehr für mich, am nächsten Tag im sechs Kilometer entfernten Haus des Pastors Hilfe zu suchen. „Herr Pastor, ich kann da nicht mehr bleiben. Ich muss den ganzen Tag knechten und bekomme nicht einmal was Ordentliches zu essen“, sage ich missmutig. „Das geht so natürlich nicht", tönt er und verspricht mir, sich der Angelegenheit anzunehmen.

Wenige Tage später kündigt Pastor Vogel seinen Besuch auf dem Bauernhof an. Man kann sich nicht vorstellen, was da plötzlich los ist. Für den Geistlichen wird aufgetischt als komme der Kaiser von China zu Besuch. Mein Vormund ist tatsächlich mehr damit beschäftigt, sich den Bergen von Fleisch, Speck und Eiern zu widmen als das intensive Gespräch mit meinem Pflegevater zu suchen. „Sollen wir ihnen noch was mit einpacken", fragt ihn meine Pflegemutter. „Jaja, packen sie mir ruhig etwas ein, vielen Dank", antwortet der dickleibige Pfaffe. Und selbstverständlich werde auch ich dazu angehalten, doch „kräftig zuzuschlagen". „Iss' doch was, mein Junge", werde ich aufgefordert. So, als wäre es normal, dass ich jederzeit solchen Gaumenfreuden frönen könnte. „Du Norbert, so schlimm ist das hier doch gar nicht. Ist doch in alles in Ordnung", sagt der Pastor in einer ruhigen Minute zu mir. Damit ist für mich das Kapitel erledigt. Die Folgejahre, bis ich 13 Jahre alt bin, bin ich der Willkür der Erwachsenen ausgeliefert.

Es sind Jahre der Knechtschaft und Erniedrigungen. Nicht anders kann man mein damaliges Dasein bei

Familie Müller beschreiben. Beispiele gibt es viele. Wir haben keine Toilette, wie wir es in der heutigen Zeit gewohnt sind. Auf dem Hof gibt es einen Donnerbalken aus Holz, mit einem eingeschnitzten Herz in der Tür. Onkel Hans zieht sich oft zum Zeitungslesen dahin zurück. Mit seiner BILD-Zeitung wischt er sich dann auch gleich praktischerweise den Arsch ab. Was für ein köstliches Sinnbild das abgibt, wenn man sich näher mit dem Gedanken befasst – Scheiße zu Scheiße. Seine eigenen Kinder, Elke und Friedhelm, sind mit ihren drei und anderthalb Jahren noch zu jung, um das spartanische Klo zu nutzen. Während Friedhelm sich noch in die Windeln scheißt, verrichtet Elke ihr Geschäft in einem kleinen, metallenen Pisspott. Tag für Tag muss ich die Exkremente der Kleinen zum Donnerbalken tragen, ausleeren und säubern. Es ist nur ein Beispiel von vielen für eine Erniedrigung, die mich als Sklaven fühlen lassen. Irgendwann bin ich es satt, den Toilettenmann für die Familie zu spielen und trete in einem unbedachten Moment so heftig gegen den Pisspott, dass er quer durch die Küche fliegt und der Inhalt sich großflächig an den Wänden verteilt. Onkel Hans findet das nicht lustig und prügelt mich so sehr mit Tritten und heftigen Hieben mit einer Reitgerte, dass ich vor Schmerzen und Angst in die Hose mache.

Als mein Pflegevater das bemerkt, spottet er: „Guckt euch das an, da pisst er sich ein.“ Die ganze Familie steht daneben und lacht über mich. Ich stehe auf verlorenem Posten. Mitleid erwarte ich dort von keinem.

Onkel Hans hat mich so übel verdroschen, dass ich einige Tage nicht richtig sitzen kann. So sehr schmerzt mein Arsch. In der Schule und andernorts behaupte ich, ich sei gestürzt. Zu tief sitzt die Angst in mir, es könne sich im Dorf herumsprechen, dass ich regelmäßig verprügelt werde. Die Wahrscheinlichkeit, dass mir dann erst recht Dresche droht, ist zu groß. Ich bin total eingeschüchtert. Das bestialische Wesen meiner Pflegeeltern kommt auch in scheinbar weniger schlimmen Situationen zum Ausdruck. Ich erinnere mich, wie ich zusammen mit meinem Kumpel Heinz eine unterirdische Höhle baue, in der wir in unserer knapp bemessenen Freizeit viele gemeinsame Momente verbringen. Die Höhle ist gut getarnt und dient uns einige Zeit als Geheimversteck. Doch eines Tages kommt Onkel Hans hinter unser Geheimnis, fährt mit seinem Traktor vor und reißt unsere stabile Höhle ein. Es gibt keinen triftigen Grund, warum er das macht. Er gönnt mir schlichtweg meinen Spaß nicht. Noch heute frage ich mich, wie viel Bösartigkeit ein Mensch in sich tragen muss, um einen kleinen Jungen so etwas Gemeines anzutun.

Das Ziel meiner Pflegeeltern ist es nicht, mich zu einem nützlichen Mitglied unserer Gesellschaft zu erziehen. Ihr Ziel ist einzig meine Ausbeute als Sklave und der Missbrauch meiner Person als willkommenes Ablassventil für ihre Bosheiten. Eine davon ist sicher auch, dass ich die beiden beim Geschlechtsakt beobachten darf. Schon im zarten Alter von acht Jahren nutze ich die Gelegenheit, die sexuellen Aktivitäten meiner verhassten Pflegeeltern zu observieren. Dazu brauche ich nur durch ein Sichtfenster schauen, das sich in meiner Schlafzimmertür befindet und mir einen Einblick in die benachbarte Küche gewährt. Vor allem an den Wochenenden kann ich dann sehen, wie Tante Lieselotte sich mit ihrem fetten Arsch auf den Riemen von Onkel Hans setzt. Ich möchte nicht verneinen, dass es eine überaus spannende Angelegenheit für mich ist, zu sehen, wie Tante Lieselotte mit ihren rotblond gelockten Haaren lustvoll auf dem Penis ihres Herrn reitet. Doch, ich bin mir sicher, dass Onkel Hans weiß, dass ich sie beobachte. Und er scheint es zu genießen. So, als wolle er sagen: „Ja, mein Junge, sieh dir das genau an. So funktioniert das.“ So spannend es für mich auch ist, erziehungstechnisch erweisen die beiden mir mit ihrer Live-Sexshow sicher einen Bärendienst.

Mit den Erlebnissen auf Müllers Bauernhof könnte ich alleine schon ein ganzes Buch füllen. Es ist damals die Zeit der bitteren Tränen. Nicht nur, weil mir körperliches Leid zugefügt wird, sondern mich auch der Verlust lieb gewonnener Dinge und Menschen traurig macht. So, wie mein bester Freund Heinz. Mit ihm teile ich den Großteil meiner Freizeit. Wir spielen in der freien Natur und erzählen uns gegenseitig von unserem Leid, als Sklaven auf den Bauernhöfen malochen zu müssen. Es ist nicht nur das Leid, das uns lange Zeit verbindet. Wir sind seelenverwandt und entsprechend gefestigt unsere Freundschaft. Heinz lebt als Pflegekind auf dem Nachbarhof und wird von einem Tag auf den anderen von seiner richtigen Mutter abgeholt. Während ich zum Abschied bitterlich weine, genießt er verständlicherweise, endlich wieder ganz zurück zu seiner Mutter zu kehren. Er ist der erste von vielen Freunden, die ich im Laufe meines Lebens plötzlich verliere und nie wieder sehen werde.

Auch die Trennungsgeschichte von meiner Schwester Ilona ist eine traurige. Sie hat damals etwa sechs

Kilometer von mir entfernt auf einem Nachbarhof eine Bleibe zugewiesen bekommen. So oft wie ich kann, steige ich auf mein Rad und besuche sie sonntags während meiner Freizeit. Wir trösten uns gegenseitig.

Eines Tages bekommen wir einen Anruf von Ilonas Pflegeeltern. Sie wollen mit mir sprechen. So nehme ich also den Hörer in die Hand und lausche: „Norbert, Ilona wird gerade von deiner Mutter abgeholt. Vielleicht möchtest du dich noch von ihr verabschieden!“ Sekunden später sitze ich schon auf meinem Rad und trete so heftig in die Pedalen, als sei der Teufel persönlich hinter mir her. Mit jedem Meter werde ich trauriger. Nun soll mir nach Heinz auch noch meine zweite lieb gewonnene Bezugsperson genommen werden! Wie ein geölter Blitz rase ich entlang der Felder und Wiesen. Wenige Hundert Meter vom Hof entfernt kann ich sodann Pastor Vogel mit Ilona und meiner Mutter erspähen. Sie sind gerade dabei, ins Auto zu steigen. Ich schreie aus Leibeskräften: „Ilona!!! Ilona!!! Warte!“ Ich habe keinen Zweifel daran, dass sie mich hören. Doch statt auf mich zu warten, hauen sie ab. Die Türen schlagen zu und der Pastor drückt kräftig aufs Gas. Mit hochrotem Kopf und tränenerstickter Stimme rufe ich ihnen hinterher. „Wartet doch. Nun wartet doch!“ Sie halten jedoch an ihrem Kurs fest, und so sehr ich mich auch anstrenge, ich kann sie nicht mehr einholen. Es ist schwer, die Dramatik des Geschehens in Worte zu fassen. Ich bin jedenfalls einem Zusammenbruch nahe. Den gesamten Rückweg zu Müllers Bauernhof vergieße ich bittere Tränen, schluchze und schreie vor Ärger.

Zu Hause angekommen erwartet mich bereits Onkel Hans. „Was haste denn“, fragt er mich. „Sie haben Ilona abgeholt und ich konnte mich nicht einmal von ihr verabschieden“, antworte ich und muss dabei einen elendigen Eindruck machen. Das juckt Onkel Hans keineswegs. Im Gegenteil, sein Mangel an Mitgefühl zeigt in dieser Situation wieder seine hässlichste Fratze. „Ach, hör‘ doch auf zu heulen. Das ist doch nicht schlimm. Komm‘, wir gehen jetzt aufs Feld, die Findlinge einsammeln. Das lenkt ab.“ Und so kommt es. Onkel Hans, der Dreckssack sitzt dabei vorne in der Kanzel des Traktors, während ich hinter dem Gefährt die großen, schweren Steine aufsammele und mich weiter mit meiner tiefen Traurigkeit befasse.

Dieser Moment muss einen tiefen Eindruck bei mir hinterlassen haben. Denn 40 Jahre später suche ich das Feld wieder auf, erinnere mich an den tragischen Tag zurück und nehme einen der Findlinge mit nach Hause nach Osnabrück. Der große Stein steht heute in unserem mächtigen Garten. Sozusagen ein Gedenkstein, der ein Stück weit mahnend immer wieder an mein menschliches Verhalten appelliert, mich nicht so niederträchtig wie Onkel Hans zu verhalten.

Dann kommt der Tag, an dem ich mich schließlich entscheiden muss. Ich bin 13 Jahre, gerade aus der Volksschule entlassen und alt genug, um eine Lehre zu beginnen. Das Angebot meines Pflegevaters: „Ich schenke dir eine Kuh und ein Kalb und dafür kannst du bei mir als Knecht arbeiten.“ Ein Angebot, das ich nur zu gerne ausschlage. Natürlich habe ich keine Lust bei meinem Pflegevater zu bleiben. Das würde für mich nichts anderes als hart Schuften für nichts und wieder nichts bedeuten. Für einen Mann, der mich in dem Jahr noch halb tot geprügelt hatte. Nein, das will ich wirklich nicht. Selbst die romantischen Seiten meines Lebens auf dem Hof, die heiß geliebten Pferde Lisa und Lotte, das von mir selbst aufgezogene Kalb Uschi und die vielen anderen Tiere können nicht an meinem festen Entschluss rütteln. Ich muss weg von dem Bauernhof. Pastor Vogel hat glücklicherweise einen Alternativvorschlag für mich: „Ich hätte da eine

Lehrstelle für dich. Du lebst dann bei der Familie Kolbe und wirst zu einem Gas-, Wasser-, Heizungsinstallateur ausgebildet. Was hältst du davon?“ Für mich ist es auf jeden Fall eine Perspektive. Wieder ein neuer bedeutender Lebensabschnitt. Ich nehme den Vorschlag dankend an, in der Hoffnung, es wird alles gut und verlasse den Hof.

Viel lieber wäre ich zu meiner Mutter nach Düsseldorf. Denn in den letzten Jahren, die ich bei meiner Pflegefamilie lebte, hatte ich zwischendurch in den Ferien immer wieder ins Rheinland gedurft, um sie und meinen Stiefvater Hermann zu besuchen. In der Zeit ist in mir eine zweifelhafte Liebe zu meiner Mutter gewachsen. Heute weiß ich, dass es der Beginn einer Schande gewesen ist, mit der ich bis zum heutigen Tage leben muss. Denn ich bin nichts anderes als der Sex-Gespiele meiner Mutter. Sie fordert mich auf, jede noch so erdenkliche Art von Sexpraktiken mit ihr auszuüben. Vom Küssen über Oralverkehr bis hin zum Bumsen. Ich ficke meine Mutter und deute es als ein Zeichen der tiefen gegenseitigen Liebe. Hermann bekommt von dem schandhaften Treiben nichts mit. Entweder er ist arbeiten oder später, als er an Krebs erkrankt, wochenlang im Krankenhaus. Auch meine ältere

Schwester Ilona, die ja zwischenzeitlich von meiner Mutter zu sich nach Hause geholt wurde, bleibt ahnungslos. Sie muss ohnehin viel in einer Kneipe arbeiten, weil Mutter ihr das ganze Geld für Miete und Unterhalt abknüpft. Zudem ist Ilona zu sämtlichen Hausarbeiten verdonnert worden. „Da hätte ich auch gleich auf dem Bauernhof bleiben können und dort schuften“, sagt meine Schwester.

Und ich denke immer nur, was für ein Glück Ilona doch hat. Sie durfte zurück nach Hause. Für mich gibt es in der Hinsicht keine Perspektive, denn das Jugendamt verwehrt meiner Mutter aufgrund ihrer desaströsen Vorgeschichte, den Wunsch auch mich zu ihr zu nehmen. Die Scheidung von unserem Vater, das Rumgeficke mit fremden Männern und unsere Verwahrlosung wiegen so schwer in der Akte, dass zwar ein Besuchsrecht eingeräumt wird, mehr will das Jugendamt aber nicht verantworten. Bei Ilona scheinen die Kriterien nicht so sehr zu greifen. Ich kann nur vermuten, es muss wohl daran liegen, weil sie schon deutlich älter ist als ich. Genaue Nachforschungen beim zuständigen Jugendamt habe ich nie angestrengt. Dann wäre ich heute vielleicht ein bisschen schlauer.

Ilona wird also vor allem finanziell von unserer Mutter ausgebeutet. Ich auf sexueller Ebene. Doch im Gegensatz zu meiner Schwester kommt in mir nicht das Gefühl der Ausbeutung auf. „Meine Mutter liebt mich mit Haut und Haaren", denke ich immer. Ich bin regelrecht verliebt in sie, wie die meisten Menschen es wohl eher von einer „normalen" Beziehung zu einer ersten Freundin kennen. Der Sex - anfangs als Zehnjähriger eher die Penetration, später das Vögeln - gehört nun mal dazu. Und sie nutzt fast jede Gelegenheit dazu, meine nymphomanische Mama. Vom Thema „sexueller Missbrauch" weiß ich noch nichts. Das kommt erst Jahre später.

Schmerzhaft wird es für mich, wenn sie mit fremden Männern aufschlägt und ich das Gestöhne und das Sexgeschrei vom Nachbarraum mitbekommen muss. Ich bin eifersüchtig auf die Typen. Will meine Mutter auf gar keinen Fall teilen. Aber was soll ich machen? Als Zehn- bis 13-jähriger kann ich noch nicht so weit denken, mir zu überlegen, wie ich dem Treiben ein Ende setzen könnte, geschweige denn bin ich rein physisch in der Lage, es mit den kräftigen Männern aufzunehmen.

Doch eines Nachts kommt es doch zu einem Zwischenfall, der denkwürdige Züge annimmt. Meine Mutter hat sich wieder einen neuen Schwanz ins Bett geholt. Ich liege im Wohnraum auf der Couch und erneut werde ich Zeuge des Sexaktes. Doch dieses Mal wird er abrupt durch eine tiefe Männerstimme unterbrochen: „Ich bringe dich um! Ich bringe dich um!“, flucht jemand im Schlafzimmer. Geistesgegenwärtig springe ich auf, greife mir ein großes Messer in der Küche und stürme ins Zimmer. Meine Mutter liegt nackt und mit gespreizten Beinen auf dem Bett. Im Raum steht ein hünenhafter schwarzer Mann, der offensichtlich nicht besonders gut auf die Dirne im Bett zu sprechen ist. Ich stürme auf den Mann zu, richte das Messer unterhalb des Solar Plexus, sodass es fast schon in seine Haut eindringt, und schreie ihn an: „Wenn du meine Mutter schlägst, bringe ich dich um!“ Mir ist es ernst, sehr ernst. Der schwarze Mann hat das zweifelsfrei erkannt, denn ihm steht die Angst förmlich ins Gesicht geschrieben. Seine Augen werden so groß, wie ich das nur von Louis Armstrong kenne, wenn er in seine Trompete bläst. Ich merke, dass ich ihm leicht die Haut aufgeritzt habe, ein kleiner Tropfen Blut ist zu erkennen. Doch schon im nächsten Moment greift der Mann voller Panik seine fein säuberlich auf dem Stuhl abgelegte Kleidung und entflieht schreiend durch die Küche, hinaus in den Hausflur bis auf die Straße. Nackt! Erst draußen zieht er sich seine Sachen wieder an. Wir haben ihn nie wieder gesehen oder von ihm gehört.

„Was war hier los", frage ich meine Mutter aufgeregt, noch immer angefixt vom Adrenalin, das gefühlt als Überdosis in mir aufkommt. Ihr Geständnis ist gleichzeitig ein Zeugnis ihres schlechten Charakters. „Norbert, ich will dir mal genau zeigen, was ich so mache." Sie richtet sich auf und zeigt auf den Stuhl. „Wenn mich die Männer vögeln, dann greife ich in die Taschen und klaue ihnen das Geld. Die Männer sind meistens so in Ekstase, dass sie das gar nicht mitbekommen." „Woher willst du denn wissen, dass die da Geld haben", will ich von ihr wissen. „Norbert, die Männer zahlen doch in der Kneipe meine Zeche und dann sehe ich genau, was die so in ihrem Portemonnaie haben", erklärt sie mir. Sie sei doch auf den Diebstahl angewiesen, beteuert sie. Wie sonst könne sie es sich leisten, mich zu verköstigen und immer nach Düsseldorf zu holen. Für mich klingt ihre Ausführung zunächst wie eine logische Begründung für ihren Beischlafdiebstahl. Viele Jahre später, ja eigentlich noch bis heute, schäme ich mich für diese Tat meiner Mutter. Und für den sexuellen Missbrauch und ihre Betrügereien. Die Liste der schamlosen Machenschaften meiner Mutter, die mich mein Leben lang schon umtreiben, kennt fast kein Ende. Mit 13 Jahren geniere ich mich noch nicht für sie und die Sehnsucht nach ihr ist groß. Vielleicht ist das auch ein Grund, warum meine Tage in meinem neuen Domizil, bei der Familie Kolbe, wo ich auch meine Lehre absolvieren sollte, gezählt sind.

Da stehe ich nun. Zehn Kilometer entfernt von meiner verhassten Pflegefamilie in Hatzte. Vor mir ein großes Ziegelsteinhaus. Pastor Vogel liefert mich beim Hausherrn an der Tür ab. Ein kleiner, grauhaariger Mann mit vernarbtem Gesicht öffnet uns die Tür. Es ist der Altmeister Kolbe, der mir in den kommenden Monaten einen außerordentlich gütlichen und herzlichen Eindruck vermittelt. Er erinnert mich an Vati Hermann in Düsseldorf, der sich auch immer bemühte, mir neue Dinge beizubringen. So war es der Altmeister, der mich ins Handwerk der Schmiedekunst einweiht und mich mit viel Geduld durch den harten Arbeitsalltag schleppt. Und trotz des Altmeisters trete ich durch die nächste Höllenpforte, nachdem ich erst die letzte hinter mich zugeschlagen habe. Denn, kaum war der Pastor von der Bildfläche verschwunden, lerne ich den Rest der Familie kennen. Die geizige Frau des Altmeisters, den unbarmherzigen Sohn Armin, die missgünstige Schwiegertochter Brigitta. Einzig dem jüngsten Spross, Armins sechsjährigen Sohn Peter, war keine schlechte Charaktereigenschaft nachzusagen. Nicht einmal seine Pisspötte musste ich ausleeren, so wie es meine Aufgabe bei den Müllers auf dem Hof gewesen ist. Mit seinen sechs Jahren ist er schon imstande, selbstständig das stille Örtchen aufzusuchen. Ansonsten hat sich für mich zu meiner Lehrzeit nicht viel geändert. Noch immer muss ich schuften wie ein Ochse. Mehr noch als zuvor auf dem Bauernhof.

Meine Ausbildung beginnt dabei zu einem denkbar ungünstigen Zeitpunkt. Ungelegen für mich, aber sehr günstig für den Betrieb. Denn zu jener Zeit ruft die Regierung den so genannten Grünen Plan ins Leben. Ziel des Grünen Plans ist es, dem Heizen mit den Koksöfen ein Ende zu bereiten und die Installation einer ölbetriebenen Zentralheizung finanziell zu fördern. Das nehmen zu jener Zeit extrem viele Hausherren in Anspruch. Entsprechend voll sind die Auftragsbücher von Armin Kolbe, der erst kurz zuvor den Betrieb von seinem Vater übernommen hat. Zusätzliches Personal gibt es jedoch nicht. Also müssen wir unzählige Überstunden leisten und regelmäßig am Wochenende arbeiten. Sogar sonntags bleibe ich nicht davon verschont. Während sich die anderen eine Pause gönnen, darf ich von morgens bis abends das Lager aufräumen, das über die Woche hinweg durch die Auftragsarbeiten kräftig in Unordnung geraten war. Mein Lohn sind ganze drei Mark pro Monat im ersten Lehrjahr. Im zweiten sollte ich vier Mark bekommen, im dritten Lehrjahr fünf Mark. Überstunden werden mir nicht ausbezahlt. Stattdessen kauft mir die Frau des Altmeisters ab und zu ein billiges Nylon-Hemd, für das ich absolut keine Verwendung habe. Die blöde Kuh tut auch noch so, als wenn es eine großzügige Tat ist. Dabei wäre mir ein Heiermann bar auf die Kralle wesentlich lieber.

Dieser Geiz zeigt sich auch bei meiner Verköstigung. Mit Sicherheit erinnern mich die Rituale an vergangene Zeiten auf Müllers Hof. Jeden Tag nach der Arbeit gibt es für mich den minderwertigen Fraß, während die anderen sich mit Wurst und anderen Leckereien die Bäuche vollschlagen. Dabei habe ich von der harten Arbeit heftigen Kohldampf. Doch für mich gibt es oft nur Brotsuppe, die zu allem Überfluss aus den von Mäusen angefressenen Brotresten gekocht wurde. Manchmal gibt es auch eine Rosinensuppe. Bäh, was hasse ich diese Suppe.

So muss ich jeden Tag durchleben. Eine wahre Tortur. Einzig die Momente mit dem Altmeister, in denen er mir neue Kniffe für die Schmiedekunst beibringt, sind ein kleiner Lichtblick in meinem trostlosen Arbeitsalltag. Miese Highlights hingegen liefert insbesondere die Schwiegertochter Brigitta, die sich unentwegt mit dem kleinen, grauhaarigen Altmeister anlegt. Eines Tages geht sie so weit, dass sie ihn vor meinen Augen in der Werkstatt mit einem Bündel Schweißdrähte verprügelt. Dabei drischt sie so hart auf ihn ein, dass der arme Mann vor Schmerzen auf den Boden fällt, vor Angst wimmert und um Hilfe schreit. Erst sein Sohn Armin kann die Furie davon abhalten, weiter auf ihn einzuschlagen. „Wo bin ich hier nur gelandet", frage ich mich während dem Altmeister die vor meinen Augen erfolgte Demütigung ins Gesicht geschrieben steht. Das ist kein schönes Leben für mich.

Die Telefonate mit meiner Mutter sind immer eine willkommene Abwechslung. Doch sie wühlen mich auch auf. Nach jedem Gespräch mit ihr bin ich durch den Wind. Bin traurig und verzweifelt. So sehr sehne ich mich nach ihr.

Die Familie Kolbe will sich das nicht länger mit anschauen, wie ich immer von den Telefonaten mit meiner Mutter aufgewühlt werde. Und so verhängt sie kurzerhand ein Telefonverbot. Das ist zu viel für mich. Am Abend steige ich auf den Dachboden, nehme einen Stuhl, lege einen Keilriemen um den Dachbalken, zwänge meinen Kopf durch die Öse und will mich erhängen. Nur ein kleiner Schubs gegen den Stuhl würde jetzt meinem bedauernswerten Dasein ein plötzliches und wahrscheinlich qualvolles Ende bereiten, aber Qualen bin ich ja gewohnt. Vor meinem geistigen Auge lasse ich mein Leben Revue passieren. Tränen schießen aus meinen Augen. Doch umso länger ich auf dem Stuhl mit der Schlinge um den Hals verharre, desto mehr zweifele ich. Es ist Sirius, der mir in den Sinn kommt, der mir mit seinem Strahlen doch immer Kraft gibt und Mut zuspricht. Ich will ihn nicht enttäuschen. Außerdem wächst noch immer die Sehnsucht nach meiner Mutter.

Da fällt für mich der Entschluss, am Leben zu bleiben und einfach abzuhauen. In der Nacht packe ich meine wenigen Habseligkeiten in einen Rucksack, krieche durch die Dachluke ins Freie, klettere wie ein Affe das Fallrohr hinab und verpisse mich. Zu Fuß den Schienenstrang Richtung Bremen entlang. Mein Ziel: Düsseldorf.

***Norberts Augen tränen vom andauernden Blick auf seinen hell erleuchteten Laptop-Bildschirm. Und auch vor Müdigkeit und Rührung Mit einem sanften Druck stößt er sich mit beiden Händen von seinem Sekretär und betrachtet aus der Ferne seine letzten Zeilen: „Mein Ziel: Düsseldorf." Es ist mittlerweile weit nach Mitternacht und er selbst ist für einen Moment überrascht, wie schnell die Zeit beim Schreiben voranschreitet. Norbert richtet sich auf, klappt seinen Laptop zu und geht hinüber zum Fenster. Sein Blick, wie so oft, starr in Richtung Sirius gerichtet. Dieser erstrahlt am wolkenlosen Himmel in seiner schönsten Form und scheint Norbert durch sein Aufflackern zu motivieren und sagen zu wollen „Mach weiter so!" „Ja, Sirius. Du hast das alles mitbekommen", sagt Norbert. Eine Träne kullert ihm bei dem Gedanken die rechte Wange herab. Es ist aber nicht eine Träne der Verzweiflung oder der Traurigkeit. Vielmehr kommt in ihm das Gefühl des Stolzes auf. Das erste Ergebnis seines Vorhabens, nämlich seine Lebensgeschichte niederzuschreiben und somit das Kapitel endlich auch konsequent zu verarbeiten, konnte sich durchaus sehen lassen. Seine Müdigkeit konnte der Euphorie und der Vorfreude auf die Fortsetzung seiner Zeilen keinen Abbruch tun. Dennoch führt ihn die Vernunft ins Bett. Am nächsten Morgen soll es weitergehen. Er schreitet den langen Flur entlang in Richtung Schlafzimmer. Hinter ihm bleibt sein hölzerner Sekretär mit dem Laptop im dunklen Raum zurück. Und es scheint, als ob Sirius durchs Fenster über die ersten Kapitel des Buches wacht.

Es war eine unruhige Nacht für Norbert. Immer wieder wachte er auf, von den Gedanken an seine Vergangenheit umtrieben. Dann drehte er sich um und blickte eine Weile auf Bernd, seinen Lebensgefährten, der friedlich vor sich hin schlummerte. Bernd hatte sich am Vorabend, für Norbert unbemerkt, ins Bett geschlichen. Vielleicht hatte er ihn sogar angesprochen, aber aufgrund Norberts Vertiefung in seine Zeilen keine Antwort von ihm erhalten. Bernd wird auf jeden Fall noch eine tragende Rolle in den späteren Kapiteln seines Buches einnehmen, denkt er sich, während er sich in aller Herrgotts Frühe aus dem Bett schält und nach der Morgenwäsche einen Kaffee aufsetzt. Von weitem beobachtet Norbert seinen Rechner, der nach wie vor unverändert in scheinbar wartender Lauerstellung auf dem Holztisch liegt. Irgendwie ist ihm jetzt nicht nach Frühstücken. Diese unsichtbare Kraft, der vermeintliche Ruf seines Laptops treibt ihn an. Er wandert wieder hinüber zum großen Wandspiegel. Die Uhr im Spiegelbild zeigt auf Sechs. Mit einem durchdringenden Blick wandert Norbert über sein Gesicht, das ihm in seiner Fantasie mehrmals zuruft: „Mache weiter! Schreibe weiter an deinem Buch!“ Er küsst sein Spiegelbild, geht ohne Umschweife rüber zu seinem Tisch, klappt seinen Computer auf und klatscht erneut mit Elan in die Hände, während das Betriebssystem hochfährt. Mit einem Klick befindet sich Norbert wieder auf seinem Dokument. Ohne groß zu überlegen, knüpft er an die Erinnerungen seiner Flucht nach Düsseldorf an und beginnt zu tippen…***

Ich bin die ganze Nacht unterwegs. Immer entlang der Schienen Richtung Bremen. Zwischendurch lege ich mich mit den Ohren auf das kalte Eisen und versuche wie ein Indianer herannahende Züge zu identifizieren. Keine ungefährliche Situation und irgendwie paradox, denn schließlich tue ich es, um eben nicht von einem Zug überrollt zu werden. Mitten in der Nacht erreiche ich schließlich den Bremer Hauptbahnhof und suche nach meiner nächsten Verbindung nach Düsseldorf. Während ich noch eine Stunde in der Bahnhofshalle umherirre, kommt mir ein alter Mann entgegen und fragt, ob ich nicht mit ihm nach Hause kommen wolle. Auf derart Schwulitäten habe ich ja nun gar keinen Bock. Ich will nur nach Düsseldorf. Irgendwann, es muss zwischen vier und fünf Uhr morgens sein, fährt mein Zug ein. Ich springe in die Bahn und verstecke mich auf der Toilette. Schließlich habe ich nicht das Geld für eine Fahrkarte. So harre ich auf dem engen, stinkenden Kabuff aus, die Angst entdeckt zu werden im Nacken. Doch das Glück ist mir an diesem Tage hold, denn die Schwarzfahrt bleibt unbemerkt und ich steige erleichtert in Düsseldorf aus.

Meine Mutter staunt nicht schlecht, als ich plötzlich vor der Tür stehe. „Mutter, ich will nie wieder zurück. Das ist die Hölle bei Familie Kolbe“, sage ich bestimmt. Nur wenige Tage später stehen Armin und Brigitta Kolbe vor unserer Wohnungstür und wollen mich wieder mitnehmen. Sie vermissen allerdings nicht meine angenehme Gesellschaft. Vielmehr fehlt ihnen der überaus günstige Knecht, der ihnen viel Arbeit im Betrieb abnimmt. Zu meiner Verwunderung stellt sich meine Mutter jedoch schützend vor mich und sagt: „Mein Junge bleibt hier bei mir. Er geht nicht wieder zurück zu Ihnen." Ich deute diese wertvolle Schützenhilfe als ein weiteres Zeichen der tiefen Liebe meiner Mutter zu mir. Vielleicht ist es aber auch das nymphomanische Ich meiner Mama, das nicht auf die Schäferstündchen mit mir verzichten will. Nun, sei es drum. Die Kolbes verkrümeln sich jedenfalls wieder. Natürlich informieren sie das Jugendamt über den Vorfall, das dann wenige Tage später bei uns auf der Matte steht. „Du kannst nicht bei deiner Mutter bleiben", erklären die Beamten damals. Sie machen mir jedoch den Vorschlag, meine Ausbildung in einem Heim im Sauerland abzuschließen. In Neuenrade. Mir bleibt nichts anderes übrig, als auf den Vorschlag einzugehen. Die Alternative wäre ein geschlossenes Heim für schwer erziehbare Kinder in Göttingen.

Also wieder Ortswechsel. Kein Wunder, dass ich mich immer heimatlos fühle. Irgendwie habe ich nie die Möglichkeit, richtig Wurzeln zu schlagen und mich heimisch zu fühlen. Und sprießen doch einmal zarte Wurzelstränge, werden sie unsanft wieder herausgezogen oder ich sorge selbst dafür, weil ich die misslichen Situationen einfach nicht mehr ertragen will.

Und Wurzeln kann man ja auch nur dort schlagen, wo man sich wirklich wohlfühlt. Bei meiner Mutter habe ich mich früher gerne aufgehalten. Es mag bei einigen Menschen Unverständnis hervorrufen, wie ich angesichts des sexuellen Missbrauchs gerade in Düsseldorf eine ersehnte Heimat finden konnte. Aber noch mal: Die schändlichen Taten meiner Mutter habe ich nicht als solche wahrgenommen. Im Gegenteil, der Sex war für mich ein Ausdruck ihrer vermeintlich hingebungsvollen Liebe.

Die Fortsetzung meiner Ausbildung im Heim in Neuenrade ist also für mich ein Kompromiss, den ich nicht ausschlagen kann. Will ich den Kontakt zu meiner Mutter auf ein maximales Maß halten, ist Neuenrade die beste Lösung. Und trotzdem keine gute Lösung. Denn es kommt, wie es kommen musste. Mein Höllenritt als Teenager findet im neuen Heim eine traurige Fortführung. Zwar kann ich zu den anderen Heiminsassen in kürzester Zeit eine relativ vertraute Bindung aufbauen, doch sorgen andere Umstände, allen voran das grauenhafte Verhalten des Heimleiters, dafür, dass ich mit jedem Tag mehr verzweifele und meine Fluchtgedanken zunehmen.

Das Heim sieht aus wie ein altes Kloster. Eine wunderschöne Anlage. Umgeben von Wäldern und einem malerischen Teich in unmittelbarer Nähe des Gebäudes. Ein wirklich romantisch anmutendes Areal. Rein von der Umgebung her könnte ich mich wohlfühlen. Das Gebäude selbst, in Oker-Farbenden Tönen gehalten, hat einen eigenen Wintergarten und in den zahlreichen Räumen gibt es genug Möglichkeiten für uns Heranwachsenden, die Freizeit zu gestalten. Ob Tischtennis, Party in der hauseigenen Diskothek oder Sport auf dem großen Fußballplatz – Langeweile kommt in den arbeitsfreien Tagen selten auf. Auch außerhalb des Heims bietet uns Neuenrade Gelegenheiten fürs unterhaltsame Beisammensein. Da gibt es zum Beispiel ein Kino. Dort schauen wir stundenlang Ben Hur. Und in der Dorfdisco falle ich regelmäßig durch meine extrovertierte Art zu tanzen auf. Ich bin ein mit Power geladener Kerl, voller Energie, die ich auf der Tanzfläche auslasse und mit meinen mittlerweile langen Haaren im Takt bis zur Ekstase schwitze. Die Möglichkeit, meine Freizeit in einem solchen Ausmaß zu genießen, ist für mich nach der jahrelangen Plackerei auf Müllers Hof und bei Familie Kolbe etwas völlig Neues. Ein unbekanntes Gefühl, welches ich in vollen Zügen auskosten will.

Zu jener Zeit mache ich auch meine ersten Erfahrungen mit dem Verliebtsein. Ich bin etwa 15 Jahre alt, als ich Ulrike kennenlernte. Die junge Dorfschönheit ist die Tochter des Wirtes vom Weizenjungen. Dort halte ich mich des Öfteren mit den anderen Jungs auf. Ulrike macht mir hübsche Augen. Nie vergesse ich, wie sie in meinen Augen versinkt, nachdem sie die Platte „Ganz in Weiß mit einem Blumenstrauß ..." von Roy Black aufgelegt hat. Ulrike hat in den jungen Jahren schon eine herangereifte Figur. Ich stehe ja auf wohlgeformte Brüste. Die hat sie auf jeden Fall. Ein echter Hingucker ist die junge Dame. 1,70 Meter groß, schlank, schwarze lange Haare, einfach wunderschön. Sie hat schon fast etwas Südländisches an sich und verdreht nicht nur mir den Kopf. Meinen Wegbegleitern steht der Neid ins Gesicht geschrieben, weil Ulrike sich nur für mich interessiert. Für mich ist das eine ganz neue Erfahrung. Denn, bei Ulrike handelt es sich um eine junge Frau. Nicht so wie bei meiner Mutter, die stracks auf die 50 zugeht und die ich nach wie vor vögele.

Das hübsche Mädchen aus Neuenrade weckt jedoch etwas in mir, dass ich in dieser Art noch nicht kenne: Schmetterlinge in meinem Bauch. Die kurze Zeit, die wir miteinander verbringen, turteln wir in der

Dorfdisco herum und knutschen in dunklen Ecken. Doch das Glück währt nicht lange. Denn ihrem Vater ist der neue Junge an der Seite seiner Tochter mehr als nur ein Dorn im Auge. Für ihn und seine Frau sind wir Jungs vom Heim nur ein Haufen Asoziale und damit weit davon entfernt, ein passender Umgang für Ulrike zu sein. Dies macht er seiner Tochter auch unmissverständlich klar.

Und so steht eines Tages dieses junge Mädchen mit den tollen Brüsten vor mir und sagte: „Wir können uns nicht mehr treffen. Mein Vater macht Stress und verbietet mir den Kontakt zu dir." Bis zu diesem Tag haben wir beide noch nicht Liebe miteinander gemacht. Doch die Gewissheit, dass wir uns wohl künftig nicht mehr sehen werden, schürt den Reiz eines Abschieds in Form eines sexuellen Aktes. Heute wird es die Jugend wohl Abschiedsfick nennen. Soweit ich mich erinnere, gibt es für solche Situationen zur damaligen Zeit keinen speziellen Ausdruck. Wir verziehen uns also auf das Gelände hinter der Diskothek und lieben uns. Das ist das erste und letzte Mal, dass wir Sex miteinander haben, und für mich – ehrlich gesagt – schon so etwas wie ein kleiner Trost. Meine Gedanken damals: „Wenigstens hast du sie rumbekommen."

Parallel zu meinem Techtelmechtel mit Ulrike baue ich eine andere, völlig neue, aber nicht minder besondere Beziehung auf. Meine Jugendliebe Peter ist meine erste richtig schwule Verbindung. Selbstverständlich kenne ich die zärtlichen Berührungen und Liebeleien unter Jungs schon aus der Kindheit, aber die Beziehung zu Peter hatte eine andere Wertigkeit, die sich sogar in Form von zwei Tattoos auf unseren beiden Unterarmen verewigte. Wir bannen uns als ein Zeichen der Verbundenheit gegenseitig mit den primitivsten Mitteln selbst zwei Bilder auf unsere Haut. Dafür nehmen wir ein Streichholz und klemmen drei Stecknadeln daran, tauchen sie in Tinte und ritzen damit auf unsere Haut. Dabei entzündet sich das Fleisch so sehr, dass wir uns selbst auf die geschwollenen Arme urinieren müssen. Es hilft, der Vorgang ist tatsächlich entzündungshemmend. Seitdem ziert ein Herz mit den Namen Peter und Norbert meinen linken Unterarm, auf dem rechten stechen wir uns Totenköpfe ein. Sie sollen ein Symbol für unser Leid sein. Herz=Liebe, Totenkopf=Untergang.

Peter liegt im Bett über mir und wir verbringen Ewigkeiten damit, uns gegenseitig in den Schlaf zu quatschen. Sei es unser Leid oder vielleicht auch die

Erlebnisse des Tages von der Ausbildungsstelle. Gesprächsstoff haben wir immer. Eines Nachts geschieht etwas, was uns näher bringt. Kein Zweifel, mein immerwährender Schrei nach Geborgenheit und Liebe treibt mich schnell in eine solche Situation, in der ich mich hingeben kann. Denn Hingebung ist schon damals für mich das Zeichen für Liebe. Wir erinnern uns an dieser Stelle wieder an meine Mutter, die diesen Umstand nur zu gut zu nutzen wusste.

In jener Nacht merke ich, wie ein Ruckeln durch unser Etagenbett geht. Die anderen beiden Schlafraum-Genossen pofen bereits tief und fest. „Hey, was machst du da", frage ich Peter. „Ich hole mir einen runter", ist seine Antwort. Ein Geständnis, das mich unheimlich geil macht. Ich mache daraus keinen Hehl und sage einfach: „Oh, wie geil. Da könnte ich auch gleich Hand anlegen. Willst du nicht runter kommen und wir können dann zusammen wichsen?" Wenige Momente später liegt Peter neben mir im Bett. Dieser wunderhübsche Junge mit seinen stahlblauen Augen, blonden Haaren und schlanker Statur. Das Schnarchen von unseren Zimmergenossen wirkt wie ein Startsignal für uns. Wir küssen und lieben uns heftig, bis wir klitschnass vor Schweiß und voller Erfüllung uns zärtlich unsere Körper streicheln. Von da an geben wir uns dem Trieb immer häufiger hin. Für mich noch heute ein Rätsel, dass keiner von unserer sexuellen und liebevollen Liaison etwas mitbekommen hat.

Ich führe ein für meine Maßstäbe erfülltes Leben. Trotz der Sehnsucht zu meiner Mutter, die allerdings an Wertigkeit aufgrund meiner Beziehung zu Peter ein wenig abnimmt. Dennoch kommt die Nacht, in der ich das Weite suche. Nach einem knappen dreiviertel Jahr sorgen die andauernden Rituale des Heimleiters, wie körperliche Züchtigung beim kleinsten Vergehen und verbale Gewalt, für Verdruss. Der eigentliche Auslöser für mein Reißaus ist aber ein anderer. Wie gewohnt müssen wir zum Abendbrot dem Gebet des Heimleiters lauschen. Der herrische Mann, der sich gern in Machomanier mit seinem großen Wagen, einem weißen Opel Admiral, in der Öffentlichkeit präsentiert, duldet keinen Mucks während der abendlichen Zeremonie. Eines Abends aber unterhalte ich mich während des Gebetes mit einem anderen Jungen. Für den Heimleiter ist das zu viel. Er kommt zu mir rüber, holt aus, und versetzt mir unvermittelt mit seiner verkrüppelten rechten Hand – einer Kriegsverletzung - einen solch heftigen Hieb, dass ich mit blutender Nase benommen zu Boden falle. Ich kann noch nicht einmal sagen, dass es der Schmerz ist, der mir so zusetzt. Es ist die abgrundtiefe Demütigung, die einen unbändigen Zorn in mir herauf beschwört. Zu allem Überfluss lacht mich die Hälfte der rund 50 Anwesenden im Essenssaal aus. Auf dem Weg in mein Zimmer fasse ich den Entschluss: „Niemand erhebt mehr die Hand gegen mich. Hier bleibe ich nicht. Heute Nacht haue ich ab."

Dieser Abend ist auch ein trauriger für Peter. Ich teile ihm meine Entscheidung mit, wieder zurück nach Düsseldorf zu gehen, mit und wir liegen uns weinend in den Armen. Damals haben wir vereinbart: Sollten wir uns irgendwann mal wiedersehen, vielleicht auch 50 Jahre später, und nur annähernd den Verdacht haben, es könne sich um die Jugendliebe aus Neuenrade handeln, so wollen wir unsere Arme heben und die Tätowierungen als Zeichen des Wiedererkennens in die Luft ragen. In der Nacht packe ich meine Sachen, verabschiede mich leise und schweren Herzens von Peter und setze mit meiner Flucht einen Schlussstrich unter das Kapitel Neuenrade. Peter habe ich seit jener Nacht nie wieder gesehen. Ob er wohl heute noch lebt? Ist er seiner schwulen Linie treu geblieben oder hat er gar eine Frau geheiratet und Kinder bekommen? Was hat er beruflich gemacht? Diese Fragen bleiben mir womöglich immer unbeantwortet.

Ich finde mich am nächsten Tag in Düsseldorf bei meiner Mutter wieder. „Bist du schon wieder abgehauen“, fragt sie mich erstaunt. Ich erzähle ihr von den Vorfällen in Neuenrade und sie zeigt Verständnis für meine Flucht. Soviel Feingefühl darf ich natürlich nicht vom Jugendamt erfahren, das noch am Vormittag vom Heimleiter über meine ungenehmigte Abwesenheit in Kenntnis gesetzt wird. Die Alternative der Beamten ist keine mehr für mich. „Du gehst entweder zurück nach Neuenrade oder du kommst in ein geschlossenes Heim für schwer erziehbare Kinder“, so der Vorschlag. Nie wieder will ich zurück ins Sauerland, zurück zum verhassten Heimleiter mit seinen nervigen Ritualen und seiner lockeren Krüppelhand. „Bevor ich mich schlagen lasse, gehe ich lieber in den Bau“, denke ich. So kommt es dann auch. Meine nächste Station heißt: Heim für schwer erziehbare Kinder, Roßdorfer Weg 76, Göttingen.

Wer meint, mein Leben hätte dort einen weiteren tragischen Verlauf genommen, der irrt. Zwar fühle ich mich im ersten Moment in der immerhin schönen Anlage, aber mit Gittern verhangenen Räumen, etwas depressiv, weil ich von Innen durch die Metallgardinen ins Freie blicke, durch die in der Wand eingebauten Lautsprecher das Lied „Monday, Monday“ von The Mama’s and the Papa’s ertönt, und ich denke: „Jetzt bist du wirklich eingesperrt.“ Doch schon im nächsten Moment sind die Niedergeschlagenheit und das traurige Gefühl verflogen, als sich die Tür öffnet und ein großer, stämmiger Mann mit Nickelbrille und rotblonden Haaren hineinstürmt. „Du bist also der Neue. Ich bin Walter Benner, einer deiner Gruppenerzieher.“ Dann fragt er mich: „Kannst du singen?“ Im ersten Moment weiß ich gar nicht, wie ich darauf reagieren soll. „Naja, weiß ich auch nicht.“ „Los, sing mal was!“ Mir fällt kein anderes Lied außer „Hänschen klein“ ein und so trällere ich einfach darauf los. „Hänschen klein, ging allein, in die weite Welt hinein!“ Die Augen von Walter Benner leuchten auf. „Super. Du kannst singen. Warte einen Moment, ich komme gleich wieder.“ Der dicke Mann verschwindet für wenige Minuten und kehrt mit einem Stapel Notenblätter zurück. „Hier sind 16 Lieder. Du singst ab sofort bei uns im Chor.“ Das Heim führt jedes Jahr einen sogenannten Sänger-Krieg durch, bei dem sich die Chöre der einzelnen Heimgebäude und die Sängerinnen des ortsansässigen Mädchenheims messen. Noch am gleichen Abend stehe ich das erste Mal im

Chor und bekomme aufgrund meiner goldenen Kehle die dritte Stimme zugewiesen. Ich fühle mich wohl.

Im Nachhinein betrachtet muss ich sagen, dass ich die Idee mit dem Gruppensingen für ein überaus gelungenes pädagogisches Konzept halte. Aus verschiedenen Gründen. Einerseits, weil uns Jugendlichen damit eine Aufgabe gegeben wird, die so gar nicht mit einer Zwangsarbeit zu vergleichen ist. Anderseits stärkt sie das Gruppengefühl und sorgt bei uns für Zusammenhalt. Wir üben fleißig Lieder wie zum Beispiel „Kalinka", mit denen wir schließlich zwei Wochen später den Sänger-Krieg für uns entscheiden können.

Ich lebe mich schnell ein. Nach kurzer Zeit werde ich zum Gruppensprecher ernannt, weil ich ein ausgeglichenes Wesen habe, das mich meistens über den Pfad der Diplomatie führt. Meistens. Es klappt nicht immer. Eines Tages kommt es zu einem Zwischenfall, der mir einerseits den Respekt der anderen Jugendlichen, andererseits auch Schmerzen für einen Neuankömmling bedeutet. Ein großer, fast zwei Meter langer, kräftiger junger Mann stößt zu unserer Truppe und fängt gleich am ersten Tag an, zu stänkern. Dabei versucht er uns mit seiner Statur, Furcht einzuflößen und seinen Willen gleichgültig gegenüber dem Gemeinwohl und um jeden Preis durchzusetzen. Zugegeben, ich versuche zunächst, mit Diplomatie das konstruktive Gespräch mit ihm zu suchen.

Eine meiner gängigen Methoden ist es, dass ich anbiete, gemeinsam eine Zigarette zu rauchen. Der junge Mann, dessen Name Norbert nicht mehr geläufig ist, sitzt im Gemeinschaftsraum in einer Ecke auf einem Stuhl. Ich gehe rüber und sage: „Wir kennen uns ja noch nicht. Ich bin Norbert, du bist der Neue, nicht wahr?“ Er schaut mich mit starrem Blick an und antwortet mit monotoner Stimme: „Was geht dich das an?“ Meine Erklärung, er müsse sich am Riemen reißen, weil wir alle in einer Gemeinschaft leben, prallt an ihm ab. Der Appell, mit Frieden die Zeit im Heim zu verbringen, scheint bei ihm ins eine Ohr hinein und widerstandslos aus dem anderen wieder raus zu gehen. Selbst als ich ihm sage, dass sein Verhalten früher oder später Konsequenzen nach sich ziehen werde, weil es nicht geduldet werde, schreckt ihn nicht ab. „Was wollt ihr denn machen. Mich vielleicht schlagen“, fragt er und lacht mich aus. Kein Zweifel. Von seiner Figur her spricht alles für einen einseitigen Kampf, den ich mit hoher Wahrscheinlichkeit als Verlierer in meinen

Erinnerungen abspeichern darf. Trotzdem rufe ich ganz laut in den Raum: „Jungs, die Tische zur Seite!"

Im nächsten Moment höre ich auch schon die schweren Möbelstücke quietschen. In der Mitte des Raumes entsteht eine Arena. Ich stelle mich auf und fordere ihn heraus. „So nun komm mal her. Wollen wir mal sehen, wer hier den Kürzeren zieht!" Natürlich gehe ich davon aus, dass es wahrscheinlich Prügel für mich setzt. Aber die Gewissheit, dass mir im Falle einer Niederlage die anderen Heimgenossen helfend zur Seite eilen werden, macht mich mutig. Verlieren kann nur einer. Das Großmaul, das sich behäbig von seinem Stuhl erhebt und mir die Fresse polieren will. Doch dazu kommt es nicht. Kaum ist er in meiner Reichweite, hole ich mit meinem Kopf aus und versetze ihm eine Kopfnuss. Seinen Schreckensmoment nutze ich, um ihn sozusagen als Krönung noch mit beiden Händen gleichzeitig auf die Ohren – man nennt es auch Telefonschelle - zu schlagen. Das hat gesessen. Mit einem Schlag entlädt sich meine angestaute Wut. Der Junge ist fertig. Und ein Fall für die Krankenstation. Danach hat er nichts mehr zu melden.

Ein weiteres Ereignis, mit dem ich mir den Respekt der anderen Heiminsassen verdiene, hat etwas mit

Kameradendiebstahl zu tun. Unsere Zigaretten sind für den Eigenbedarf rationiert und wir bekommen sie vom Heim. Einer von uns ist Nichtraucher und sammelt die Zigaretten, um sie später gegen andere Güter einzutauschen, wie zum Beispiel Kaffee, Tee, Obst und Süßigkeiten. Doch ein Junge will den attraktiven Tabakvorrat für sich einverleiben. Natürlich ohne Gegenleistung. Er bricht den Spind des Kameraden auf und stiehlt die Zigaretten. Selbstverständlich sind Petzen und Verräter bei uns verpönt. Allerdings steht das Delikt Kameradendiebstahl ganz oben auf der Skala der Dinge, die man in unserer Gemeinschaft nicht tun sollte. Da ich den Vorfall mitbekomme, melde ich ihn. Nicht offiziell bei der Heimleitung, sondern inoffiziell bei den Kameraden und den Gruppenerziehern. Was folgt, ist ein Spießrutenlauf für den Langfinger, sozusagen abgesegnet durch unsere Erzieher. Denn sie sehen es als geeignete Maßnahme zur Disziplinierung der Übeltäter durch die gesamte Gruppe an. Wir stellen uns in zwei Reihen im Gang auf. Links zwanzig Leute, rechts zwanzig Leute. Wir bilden eine lange Gasse, durch die er an uns vorbei laufen muss. Man kann das Konstrukt auch einen Buße-Tunnel nennen. Jeder schlägt zu. Bis ans Ende der Reihe schafft er es nicht. Auch er ist dann ein Fall für die Krankenstation.

Für die Gemeinschaft steht fest: Norbert ist ein Guter. Der ist fair und deckt keinen Kameradendiebstahl. Noch heute trage ich diesen unermesslichen Gerechtigkeitssinn in mir. Wenn ich eine offensichtlich unfaire Handlung beobachte, versuche ich mich schon fast heroisch einzumischen und das ungleiche Verhältnis zwischen Gut und Böse zu neutralisieren. Und dafür fliegen zwar selten, aber auch mal Fäuste.

Für manche Menschen mögen die gewalttätigen Auseinandersetzungen im Heim eher ein Signal für eine vermeintliche negative Einstellung meinerseits in Bezug auf meine Situation zu sein. Doch das sind nur zwei Beispiele, bei denen ich mich in der Tat nicht besonders gut in meiner Haut fühlte. Die restliche Zeit habe ich sehr genossen im Heim.

Im ersten halben Jahr bin ich für den Küchendienst eingeteilt. Tisch decken, Kartoffeln schälen, Boden schrubben und abwaschen. Das mache ich gerne. Denn ich werde nicht nur gut vom Personal behandelt, sondern bekomme täglich den freudigen Ausdruck meiner Kameraden zu sehen, wenn sie abends von der Arbeit zurück ins Gebäude kehren und sich mit hungrigen Mägen das von uns aufgetischte Essen einverleiben.

Eines Tages kommt Walter Benner auf mich zu. Mittlerweile bin ich schon ein halbes Jahr auf der Station im Heim. Für Benner lang genug, um eine Einschätzung über meinen Erziehungsstand vorzunehmen. „Sag mal Norbert, warum bist du eigentlich hier“, fragt er mich. „Das weißt du doch. Ich bin abgehauen, weil ich mich nicht schlagen lassen wollte.“ Das weiß er doch. Allerdings hat er offensichtlich seine Zweifel daran, dass ich in ein Heim für Schwererziehbare gehöre. „An dir ist doch nichts zu erziehen, wie bei den anderen Chaoten hier“, spricht er mir zu und überrascht mich mit einer besonderen Neuigkeit. „Wir wollen dir eine neue Aufgabe geben. Was hältst du davon, wenn du unserem Heizer unter die Arme greifst? Du hast doch schon einige Erfahrungen mit Heizungstechnik sammeln können?“ Ich bin begeistert.

Schon am nächsten Tag finde ich mich im riesengroßen Heizkeller mit den überdimensionierten Kohlekesseln wieder. Über diese Katakomben wird das gesamte Heimgelände wärmetechnisch gesteuert. Die Heizungen in den Räumen, aber auch die riesigen Kochtöpfe der Großküche. Täglich klingelt der Chefkoch bei mir durch und ich höre ihn durch die Muschel des Telefons rufen: „Norbert gib Dampf!" Und den gebe ich. Die Arbeit macht mir unfassbar Spaß. Nicht zuletzt, weil mir dadurch auch einige Privilegien zustehen. Man muss sich vorstellen, wie ich jeden Tag rußgeschwärzt kübelweise Koks in die glühenden Öfen kippe und die Heizkraft mit ein paar wichtigen Hebelgriffen reguliere. Weil ich dabei wegen der Verbrennungsrückstände nicht nur jeden Tag ein tiefschwarzes Kleid auf meiner Haut trage, sondern der feine Ruß auch meine Atemwege besetzt, bekomme ich jeden Tag zur Frühstückspause vom Koch einen frischen Liter Milch überreicht. Dazu gibt es noch eine Stulle mit dicken Wurstscheiben. Das bekommen die anderen Heiminsassen nicht. Und ihre Missgunst muss ich auch erfahren. Für meine Pause setze ich mich immer ins Freie. Nah an die Hauswand. In der einen Hand die Stulle, in der anderen die Milch. Über mir die mit Gitter verhangenen Zimmer der Kameraden, die mich neidvoll beim Frühstück beobachten. Manchmal komme ich mir vor wie im Zoo. Nur, dass ich nicht im Käfig sitze, sondern die anderen. Eines Tages höre ich, wie ein Junge seinen Rotz ganz tief durch die Nase zieht und in meine Richtung spuckt. Sein widerlicher Schleim landet mitten in meiner Milch. „Ey, du Arschloch. Was fällt dir ein? Pass auf, dass ich dich nicht zu packen bekomme, dann reiße ich dir den Arsch auf", drohe ich dem Dreckssack. Es kommt nie dazu. Stattdessen genieße ich Tag für Tag meinen Dienst in den Kohle-Katakomben und mache meine Arbeit so gut, wie ich kann. So gut, dass mich nach etwa einem dreiviertel Jahr Walter Benner zur Seite nimmt und mir offenbart: „Du hast doch schon mal eine Ausbildung begonnen. Ich habe mit der Heimleitung gesprochen und wir wollen dir vorschlagen, dass du die Ausbildung in Göttingen als Freigänger weiterführst. Wie ich dir ja schon gesagt habe, glauben wir nicht, dass du schwer erziehbar bist und diese Chance verdient hast."

Eine Ausbildung? Man muss dazu sagen, dass keiner der Heiminsassen bisher eine solche Möglichkeit eingeräumt bekommen hatte. Beziehungsweise war es so, dass in der Öffentlichkeit angenommen wurde, dass die Jugendlichen im Heim aufgrund ihres schwierigen Charakters ausbildungsresistent seien. Es ist also eine besondere Ehre für mich, dass ich meine Lehre weiterführen kann. Und das auch noch als Freigänger in Göttingen.

Überhaupt muss ich zugeben, dass die Pädagogen mich enorm unterstützen und fördern. Später zu meiner Zeit als Freigänger nimmt mich Walter Benner mal mit in die Kapelle und übt mit mir das Singen. Das Lied „Prinz Eugen, der edle Ritter“ ist bis heute fest in meinen Erinnerungen verankert.

Er reißt mich immer wieder aus dem Alltag im Knast raus. Auch mit Theaterbesuchen. Er kauft die Karten für mich und dann genießen wir Auftritte der originalen „Don Kosaken“ aus der Sowjetunion oder besuchen die „Nabucco“-Aufführung. Das sind Privilegien, die einzig mir zu teil werden. Heute weiß ich, dass die Erzieher meine Situation richtig eingeschätzt haben und mir einen zukunftsorientierten Weg bereiteten. In Göttingen relativierte sich meine negative Meinung über Heimerzieher immens. Zwar waren die unmenschlichen Taten der bisherigen Pädagogen in Adelheide oder Neuenrade nicht vergessen, aber ich habe das erste Mal eine wahre Wertschätzung meiner Person erlebt. Und das nicht nur durch Walter Benner. Auch Erich Kucks und viele weitere Pädagogen sind mir positiv im Gedächtnis geblieben. Nicht eine Ohrfeige habe ich bekommen. Keine Schläge. Dafür und für viele andere Dinge kann ich gar nicht dankbar genug sein.

Aber, trotz der besseren Bedingungen in Göttingen plagt mich Unzufriedenheit. Getrieben von dem

Gefühl, nicht geliebt zu werden. Ich stelle mich eines Abends vor den Spiegel und beschimpfe mich selbst. „Was bist du nur für ein Typ? Keiner liebt dich wirklich. Ich hasse dich“, schreie ich mein Spiegelbild an und versetze ihm einen Fausthieb. Das Glas zersplittert, warmes Blut rinnt mir über meinen Handrücken, tropft auf den Boden. Der Lärm ruft den Erzieher auf den Plan, der mich natürlich zur Rede stellt. Doch seine verständnisvollen und zusprechenden Worte helfen nicht. Noch zwei weitere Male an anderen Abenden führe ich ein ähnliches Zwiegespräch mit mir selbst, welches jeweils mit einer zerborstenen Spiegelfläche und Narben an der rechten Hand endet.

Doch beim dritten Mal kommt mir alles wie ein Traum vor. Mein Spiegelbild redet mit mir: „Norbert, so geht das nicht weiter. Willst du leben oder sterben? Du bist ein guter Mensch, du musst dich selbst achten!“ Diese Worte zeigen eine derart große Wirkung bei mir, dass die Faust nicht zum Einsatz kommt. Stattdessen küsse ich mich selbst, mein Kussmund ist auf dem Spiegel deutlich zu erkennen und sagt: „Ich liebe dich.“ Seitdem führe ich kurze aufmunternde Gespräche mit meinem anderen Ich. Das tue ich noch heute als erfahrener Mann so.

Die neue Ausbildungsstelle ist ein Glücksgriff. Ich darf jeden Tag zur Firma Klock & Mayer gehen, um dort meine Ausbildung zum Heizungsinstallateur und Bauklempner zu absolvieren. Der Chef, Herr Mayer, ist ein mächtiger grauer Mann, der fürs Grobe zuständig ist. Herr Klock übernimmt die Verwaltung und holt die Aufträge rein. Das gesamte Team, inklusive Altgesellen, führt das weiter fort, was die Pädagogen im Heim schon begonnen haben: Sie fördern mich. Und das erste Mal bekomme ich meine Arbeit bezahlt. Damals noch jeweils am Ende des Monats in bar, in einer Lohntüte.

Natürlich gibt es für mich während der Lehrzeit die üblichen Dinge zu erledigen, die typischerweise den Auszubildenden aufgetragen werden: Botendienste, Einkäufe, Hilfstätigkeiten halt. Doch insgesamt behandeln mich alle Mitarbeiter mit Respekt. Bis auf einmal!

Nach etwa einem halben Jahr kommt es auf dem Bau zum Eklat. Der Altgeselle, Herr Kleist, der mir schon immer irgendwie mit seiner jähzornigen Art und seiner mit Falten durchzogenen Visage Unwohlsein bereitet, treibt es an diesem Tag zu weit. Der ständig besoffene Handwerker ärgert sich über irgendetwas an mir. Ich kann heute nicht mehr sagen, was ich damals falsch gemacht haben soll. Voller Wut wirft er einen schweren Fäustel hinter mir her, der mich nur knapp am Kopf verfehlt. Keine Frage, hätte der mich getroffen, hätte er mich womöglich erschlagen. Ich drehe mich um, eine große Wasserwaage in der Hand, gehe auf ihn zu und fluche: „Das machst du nicht noch mal mit mir!“ Dann hole ich mit der Wasserwaage aus, bis sie über meinem Kopf schwebt, und zimmere sie über seinen Schädel. Dabei platzt seine Kopfhaut am Scheitel entlang auf und er sackt zusammen.

Die herbeigerufenen Sanitäter verpassen ihm einen Verbandsturban, während mir die anderen Kollegen zustimmend auf die Schulter klopfen, nachdem sie erfahren, wie es zu dem tragischen Zwischenfall gekommen ist. „Das hast du gut gemacht, Norbert. Wurde mal Zeit, dass ihm jemand einen auf den Deckel gibt.“ Das bevorstehende Gespräch mit den beiden Inhabern des Betriebes bereitet mir allerdings Unbehagen. Insgeheim habe ich fest damit gerechnet, dass sie mich aus der Firma schmeißen werden. Doch es kommt anders. Nachdem ich den Vorfall schildere, zeigen sie Verständnis für meine Reaktion und wollen auf keinen Fall gewalttägige Provokationen durch ihren Altgesellen dulden. „Auch, wenn er schon so lange bei uns ist, werden wir ihn abmahnen. Du kannst die Ausbildung selbstverständlich bei uns weiterführen." Kleist steht kurz vor der Rente. Und obwohl ich wegen seines Hammerwurfes einen tiefen Groll gegen ihn verspüre, macht mich sein späteres Ableben unheimlich traurig. Der Altgeselle ist ganz frisch in seinen Ruhestand gegangen und auf dem Weg zur Bank, um seine erste Rente abzuholen. Mit dem Geld wollte er mit seinen Freunden und den ehemaligen Kollegen eine Gartenparty bei sich feiern. Dazu sollte es nicht mehr kommen. Auf dem Weg zur Bank wurde Kleist an einer Ampel vom Auto überrollt. Irgendwie bereue ich noch heute, dass ich ihm die Wasserwaage über den Schädel gedonnert habe.

Die Ausbildungszeit ist außerdem durch das Engagement aller Beteiligten geprägt. Jeder will unbedingt, dass ich als Erster von allen 800 Heiminsassen eine erfolgreiche Ausbildung abschließe. Dafür kommen sogar die Berufsschullehrer zu mir ins Heim, um mir in der freien Zeit Nachhilfe zu erteilen. Die Bemühungen meiner Gruppenerzieher und Kollegen sind nicht weniger ehrwürdig. Und der Einsatz trägt Früchte. Ich erlange Gesellenstatus und lande sogar mit einem großen Bericht im Göttinger

Tageblatt, in dem ich als bisher erster und einziger erfolgreicher Azubi aus dem Heim lobgepriesen werde. Im Heim selbst gibt es ein großes Fest zu meinen Ehren. Ich bin wer. Das Gefühl ist toll.

Schade ist nur, dass meine Mutter diese Freude und meinen Stolz nicht teilt. Während der gesamten Zeit in Göttingen darf ich zwischendurch immer wieder mal nach Düsseldorf, um sie zu besuchen. Doch meine Erzählungen über die Ausbildung interessieren sie wenig. Mein Schwanz hingegen zieht bei ihr mehr Aufmerksamkeit auf sich als meine vom Ehrgeiz getriebenen Errungenschaften. Und dabei würde ihr Zuspruch meinen Erfolg vollkommen machen.

Mein Gesellenbrief ist allerdings nicht nur eine Legitimation für den richtigen Einstieg ins Berufsleben. Er ist zu meinem Bedauern auch ein, symbolisch gesehen, Entlassungsschein aus dem Knast. Der Knast, der in den Jahren zu meiner Heimat geworden ist. Ich fühle mich wohl dort. Akzeptiert von meinen Freunden, denen ich als Freigänger gerne auch den einen oder anderen Gefallen – in Form von Einkäufen aller Art wie zum Beispiel Flaschen Rotwein, Zigaretten und mehr – tue. Und respektiert vom Heimpersonal, das ich ausnahmslos in mein Herz geschlossen habe. Ich will auf keinen Fall da weg. Ich will weiterhin mein Einzelzimmer bewohnen und mein Leben wie gewohnt fortsetzen.

Doch die Heimleitung macht mir eines Tages deutlich, dass ich nicht länger bleiben kann. „Du musst jetzt deinen eigenen Weg gehen“, heißt es. An dem Abend habe ich mir den Kopf mit Alkohol vollgedröhnt und kehre grölend aufs Heimgelände zurück. „Ich will hier nicht weg. Ich bleibe hier wohnen“, schreie ich übers Areal. Die Pädagogen packen mich und stecken mich für drei Tage zur Ausnüchterung und Bestrafung in den Fuchsbau. Ein kleiner dunkler Raum, den ich – im Gegensatz zu den richtig Schwererziehbaren - zuvor nie betreten musste. Walter Benner besucht mich und redet mir ins Gewissen. Ich müsse mich damit abfinden, das Heim zu verlassen. Das tue ich dann auch. Zwangsläufig und schweren Herzens. Wieder werde ich meiner Heimat beraubt und entwurzelt.

Die Heimleitung entlässt mich allerdings nicht komplett in die Gesellschaft außerhalb des Knastes. Zur sogenannten Wiedereingliederung vermitteln mir Benner und Co. ein Zimmer in einem Wohnheim. Da verbringe ich den Alltag mit anderen ehemaligen Heiminsassen, die - so wie ich – tagsüber der Arbeit nachgehen, um die Miete fürs Zimmer zu erwirtschaften und abends heimkehren, um in der Kantine mit den anderen zu essen. Doch das Gefühl der Kameradschaft, wie ich es im Knast erleben durfte, gibt es nicht mehr. Hier kämpft jeder für sich alleine um seinen Platz in der Gesellschaft. Das Leben der Anderen ist nicht mehr relevant. Ein schmerzlicher Gedanke, gerade für mich, sich nicht mehr auf Freunde verlassen zu können.

In der Zwischenzeit wechsele ich den Arbeitsplatz. Die Chemische Reinigung Leimkühler hat mich bei Klock & Jung abgeworben, nachdem ich schon einige Male Arbeiten für die Firma erledigte. „Was verdienst du eigentlich jetzt“, fragt mich Herr Leimkühler damals. „Acht Mark die Stunde“, antworte ich und es folgt ein Angebot von Leimkühler, das ich nicht ausschlagen kann: „Pass auf, du bekommst von uns 10 Mark und dann arbeitest du ganz für uns.“ Und so kommt es schließlich auch, dass ich mein Wohnheim verlassen kann. Denn die Leimkühlers bewohnen zur Miete eine alte Villa an der Goldstraße in Göttingen und merken, dass ich mich in meiner damaligen Unterkunft nicht wohlfühle. Im Kellergeschoss der Villa befindet sich ein großer Kellerraum, den ich nutzen darf. Das Haus selbst gehört zwei jüdischen Frauen, die allerdings für viele Monate außer Landes wohnen. „Das geht schon in Ordnung, dass du dort einziehst, wir klären das dann schon mit denen", verspricht Herr Leimkühler.

Die Wohnung richte ich mir liebevoll ein. Eigentlich saniere ich sie komplett. Ich installiere neue sanitäre Anlagen, eine neue Küche, einen gemütlichen Kamin, viele Möbel. Aus dem einst kargen Kellerraum wird ein schönes, neues Domizil. Mein erstes eigenes Daheim. Für die Arbeiten muss ich einen Kredit über 4000 Mark aufnehmen. Natürlich bekomme ich von der Bank kein Geld. Dafür reicht mein Gehalt nicht. Sicherheiten besitze ich auch nicht. Es ist ein Wink des Schicksals, dass ich damals Ottilie Poltermann kennenlerne.

Meine erste Begegnung mit Ottilie habe ich in Kassel. In einer Schwulenkneipe. Ottilie ist 72 Jahre alt. Eine bildhübsche Frau, noch dazu gelehrt. Sie besucht gerne die Schwulenlokalitäten in Kassel, weil sie sich unter den Homosexuellen wohlfühlt. Innerhalb kurzer Zeit freunden wir uns so sehr an, dass sie nicht nur viel Zeit mit mir verbringt und mir manchmal die Sehenswürdigkeiten der Stadt zeigt, sondern mich auch zu sich einlädt, um dort zu schlafen. Sie genießt die Nächte mit mir, wenn wir nebeneinander im Bett liegen und uns streicheln. Manchmal kommt es auch zu sexuellen Berührungen und Küssen, aber bumsen tun wir nie.

Irgendwie wächst in mir eine innige Liebe zu dieser Frau. Sie hat all das, was meine Mutter mir nicht bieten kann oder will. In den vielen stundenlangen Gesprächen wird uns beiden immer mehr bewusst, dass uns eine Seelenverwandtschaft vereinigt. Ottilie erfährt also von meinen Plänen, die Kellerwohnung aufzupeppen und bietet mir an, für einen Kredit bei der Bank zu bürgen. So hilft mir diese in die Tage gekommene Frau, mir mein eigenes Heim so herzurichten, dass ich mich ohne Abstriche wohl wohlfühle. Den Kredit will ich mit meinem Gehalt, abzüglich der günstigen Miete von 100 Mark pro Monat, abzahlen.

Doch nur wenige Wochen nach der Fertigstellung meiner Wohnung, in der ich auch mit Wonne immer wieder gerne eine Party mit meinen Bekannten feiere, zerplatzen meine Träume. Inzwischen kehren die Villenbesitzerinnen heim und zeigen sich nicht nur überrascht, sondern empört über meinen Einzug ins Kellergeschoss während ihrer Abwesenheit. Innerhalb von einer Woche muss ich mein erstes eigenes Domizil wieder räumen. Ich bin am Boden zerstört. All die Arbeit für die Katz. Hunderte von Arbeitsstunden für nichts und wieder nichts. Dazu noch einen Kredit an den Hacken, den ich auf keinen Fall zurückzahlen kann. Denn ich hätte mir eine neue Wohnung suchen müssen, die wesentlich mehr von meinem Gehalt gefressen hätte. Doch soweit sollte es nicht kommen. Denn der Vorfall führt auch dazu, dass ich die Firma Leimkühler verlasse und somit ohne Einkommen bin. „Das hättet ihr mir vorher sagen können", schimpfe ich mit meinem damaligen Chef. Dem ist es mehr oder weniger egal. Ein wichtiger Grund für mich, um bei ihm das Handtuch zu werfen. Was soll ich noch für einen solchen Menschen arbeiten? Er hat meinen Respekt nicht verdient.

Da stehe ich nun. Obdachlos und einen großen Berg Schulden im Rücken. Auch noch die Peinlichkeit, Ottilie als Bürgin enttäuschen zu müssen. Doch Ottilie zeigt sich in der Stunde meiner Not von ihrer gewohnt liebevollen Seite. „Norbert, das ist doch nicht deine Schuld. Mach dir keine Sorgen. Ich übernehme die Kosten für dich", sagt sie, nimmt mir damit eine große Last und zeigt mir mit ihrem Handeln, dass Geld nicht der Ausdruck einer innigen Freundschaft ist.

In Göttingen will ich allerdings auch nicht bleiben. Mich zieht es zunächst nach Düsseldorf. Der Kontakt zu Ottilie in Kassel bricht plötzlich ab. Dafür schäme ich mich noch heute. Irgendwie geht es bei mir ums nackte Überleben und ich sehe bessere Chancen für mich in der Nähe meiner Mutter. Getrieben von meiner Gier nach Leben und Liebe, lasse ich meinem egoistischen Handeln freien Lauf und vernachlässige eine lieb gewonnene Freundin. Es zerbricht mir noch heute das Herz, dass ich unsere Freundschaft durch meinen Weggang nicht wertgeschätzt habe. Schlimmer noch, mit Füßen getreten habe. Ich habe Ottilie nie wieder gesehen.

Norbert schaut auf und seufzt vor sich hin. Er sieht sich nicht nur als Opfer der Gesellschaft. In diesen Momenten, in denen er zum Beispiel an Ottilie denkt, weiß er, dass auch er nicht immer alles richtig gemacht hat. Überhaupt ist es für ihn wichtig, dass er sich mit seinen Erzählungen nicht selbst in die Opferrolle steckt. Natürlich hat er ein beschissenes Leben gehabt, aber er will dafür nicht pauschal der Gesellschaft die Schuld zuschieben. Das hätte letztlich nur den Effekt, dass sich die Zuhörer von ihm abwenden, weil sie das Gefühl haben, es mit einem Besserwisser und Nörgler zu tun zu haben. Also beschäftigt sich der Künstler bewusst auch mit seinen eigenen Verfehlungen und bereut so manchen Schritt, den er in den vergangenen Jahrzehnten gemacht hat. Ottilie im Stich zu lassen, das war auf jeden Fall ein Fehltritt. Norbert schweift in seinen Gedanken wieder zum Buch, schaut auf die Tastatur und überlegt lange, mit welcher Passage er jetzt weitermachen soll. Sein Blick wandert über seinen Sekretär hinüber zum Bücherregal, in dem sich unter anderem eine kleine metallene Dose befindet, in der Norbert und sein Lebensgefährte Bernd das Restgeld der Fremdwährungen von ihren Auslandsreisen aufbewahren. Beim Anblick der Dose schießt ihm ein Bild seiner Mutter wieder in den Kopf…

Es ist Weihnachtszeit und Vati Kran ist erst vor ein paar Wochen gestorben. Die Feiertage bin ich bei meiner Mutter und dieses Mal habe ich eine besondere Überraschung für sie und Vati vorbereitet. Durch Herrn Klein wurde ich ja in die Schmiedekunst eingeführt, so dass ich meiner Mutter eine kleine Schmuckdose angefertigt habe und für das Grab von Vati habe ich einen kleinen Weihnachtsbaum gekauft, den ich ihm bei einem Besuch auf dem Friedhof schenken will.

Es bleiben noch zwei Tage bis Heiligabend als ich in Mutters Düsseldorfer Wohnung aufschlage. Sie ist an diesem Tag nicht alleine Zuhause. Am Esstisch sitzen drei Männer, mit denen sie kräftig hochprozentigen Weinbrand bechert und eine Kippe nach der anderen raucht. „Oh, hast du Geschenke mitgebracht“, fragt sie. „Komm‘, gib her, lass sie uns auspacken!“ Etwas irritiert mache ich sie darauf aufmerksam, dass Weihnachten doch erst in ein paar Tagen ist, und dass die Geschenke dann erst ausgepackt werden sollen. „Papperlapapp“, sagt sie, reißt das kleine Päckchen mit der Schmuckdose an sich und befreit es vom Geschenkpapier. Beim Anblick der Dose ist ihr die Enttäuschung deutlich anzumerken. Kein Danke kommt über ihre Lippen. Kein Lächeln. Keine Umarmung. Das habe ich mir eigentlich anders vorgestellt. „Was willst du denn mit dem Bäumchen“, fragt sie und begutachtet es eine Weile. „Der ist für Vati. Ich möchte ihn auf sein Grab stellen.“ Kommentarlos stellt sie den Mini-Weihnachtsbaum in die Ecke des Raumes und widmet sich wieder ihren deutlich angetrunkenen Gästen. Ich ziehe mich traurig zurück.

In den Folgetagen dränge ich sie immer wieder, mit mir zum Friedhof zu gehen. Aber Mutter will nicht. An meinem letzten Tag in Düsseldorf frage ich ein letztes Mal. Doch sie harscht mich nur an: „Du mit deinem scheiß Weihnachtsbaum. Gehe mir damit nicht auf die Nerven!“ Sie nimmt das Gewächs und schleudert es in die Mülltonne. Mein Herz ist gebrochen. Jetzt hat meine Mutter endgültig bei mir verschissen. Ich bin die Fickerei mittlerweile ohnehin leid.

Dieser Vorfall führt mich wieder zu meiner entscheidenden Frage in der Kindheit: Wo sind Mama und Papa? Der erste Teil der Frage wurde mir ja bereits beantwortet. Mutti sitzt in Düsseldorf und vögelt sich weiter durch die Bevölkerung. Aber wo ist mein richtiger Vater hin? Alles, was ich weiß, ist lediglich, dass er uns verlassen hatte, als ich noch ein Baby gewesen bin. Bei nächster Gelegenheit will ich meine Mutter nach ihm fragen. Auch, wenn ich die Schnauze voll von ihr habe.

Die Möglichkeit der Recherche ergibt sich schneller als gedacht. Meine Mutter wird mit einer Nierenkolik ins Krankenhaus eingeliefert und ihre Schmerzen verleiten sie bei meinem Besuch besonders freizügig mit der Wahrheit zu sein. „Wo ist eigentlich mein richtiger Papa“, frage ich sie. „Der wohnt in der Karlstraße in Braunschweig. Es dauert keine fünf Minuten, da kehre ich ihr den Rücken und mache mich auf den Weg nach Braunschweig. Doch es ist schon spät und ich will lieber noch eine Nacht warten, ehe ich mich auf die Spuren meines leiblichen Vaters mache. Ich mache einen Zwischenstopp bei meiner Schwester Liona, um dort die Nacht zu verbringen. Ich klingele und warte einen Moment vor der Tür. Doch es ist kein Summen vom Türöffner zu hören. Stattdessen öffnet sich im oberen Geschoss das Fenster und meine Schwester schaut auf mich hinab. „Was ist“, fragt sie. „Ich will nach Braunschweig. Vater besuchen. Kann ich eine Nacht bei euch bleiben?" Liona hat zwischenzeitlich geheiratet, mein Kontakt zu ihr wurde immer karger. „Ich darf dich nicht reinlassen, weil mein Mann meint, dass du uns beklaust!“ Ich heule Rotz und Wasser. Meine eigene Schwester will mich nicht aufnehmen. Mir bleibt nichts anderes übrig als zu dieser späten Stunde das Weite zu suchen.

Zehn Mark habe ich noch in der Tasche. Zu wenig für ein Zugticket nach Braunschweig. Also muss ich es per Anhalter versuchen. Ich schaue mich nachts auf dem Großmarkt in Düsseldorf nach einem Braunschweiger Autokennzeichen um und werde fündig. Der Lkw-Fahrer ist so nett und nimmt mich am späten

Nachmittag nach dem Markt mit auf seine Reise. Nachts um elf Uhr passiere ich die Stadtgrenze von Braunschweig. Der Lkw-Fahrer setzt mich direkt vor der Tür meines mutmaßlichen Vaters ab. Ich habe ihm zuvor auf der Fahrt den Grund meiner Reise erklärt und er will mit dem Chauffeurservice wohl seinen guten Beitrag zur Geschichte leisten.

Vor mir entdecke ich ein weißes Mehrfamilienhaus. Langsam gehe ich auf das Gebäude zu. Meine Knie zittern und meine Nervosität treibt den Schweiß in meine Handinnenflächen. Mit dem Finger gleite ich im Halbdunklen über die Klingelschilder. Da steht es geschrieben: Henze. Das ist das erste Mal, dass ich an einer Klingel stehe, die meinen Nachnamen trägt. Ich klingele ganz schnell und trete einen Schritt zurück. Das Herz wummert mir bis zum Hals. Wie mein Vater wohl aussehen mag? Was soll ich nur sagen? Wie wird er mich empfangen? Im Hausflur geht das Licht an und hinter der gläsernen Tür zeichnet sich ein schemenhafter Schatten ab, der langsam größer wird. Die Tür öffnet sich und ein Hüne von Mann mit blonden Haaren steht auf der Treppe – direkt vor mir. „Was klingelst du hier so spät? Ich bin Hausmeister Henze, was willst du“, fragt er im spürbar gereiztem

Ton. „Ich bin Norbert, dein Sohn“, antworte ich und erwarte eine freudig überraschte Reaktion von ihm. Überrascht ist er, allerdings weniger freudig. „Wie? Du bist Norbert? Von der Hure kommst Du? Hau ab, mit dir will ich nichts zu tun haben. Verpiss dich!“ Das ist ein harter Schlag für mich. Alle Hoffnungen, mit offenen Armen aufgenommen zu werden, zerschlagen sich. Ich fühle mich als ob man mir den Kopf abgeschlagen hätte. Wie ein getretener Köter, winselnd vor Trauer, ziehe ich wieder von dannen.

Mein vorher nicht benanntes Ziel führt mich ausgerechnet in die Schwulenkneipe „Zum Bären“. Bei einem Bier klage ich dem Wirt mein Leid und erzähle die Geschichte von der erfolglosen Suche nach Akzeptanz durch meinen leiblichen Vater. Und ich erzähle alles. Vom Heim in Delmenhorst. Von Alfred mit seinem Funkgerät. Von Neuenrade. Vom geschlossenen Heim in Göttingen. Und, und, und... „Mensch, hast du eine Scheiße durchgemacht“, bemitleidet mich der Wirt, der mir zum Abschied noch fünf kleine Flaschen Haake Beck Bier in meinen Rucksack steckt. Außerdem gibt er mir noch 20 Mark, „damit du klar kommst!“ Ich verlasse die Kneipe, im

Hintergrund höre ich noch das Lied Azzurro von Adriano Celentano.

Ein paar hundert Meter weiter komme ich vor dem Haus meines Vaters zum Stehen. Dieser Hurenbock, was fällt ihm ein, mich so zu behandeln. Seinen eigenen Sohn. Meine innere Stimme schreit nach Rache. Und bevor ich darüber nachdenken kann, nehme ich die fünf Flaschen Bier aus meinen Rucksack, hole aus und schmeiße eine Kanne nach der anderen in sein großes Fenster. Es knallt und scheppert fürchterlich. Dann geht das Licht in der Wohnung an und ich nehme meine Beine in die Hand und flüchte. Zum Bahnhof. Ich will wieder zurück ins Rheinland. Hier habe ich nichts mehr zu suchen.

Zurück in Düsseldorf holt mich die Realität ein weiteres Mal ein. Eigentlich erhoffe ich mir wieder ein Stück Geborgenheit und Liebe von meiner Mutter. Muss ich noch einmal erwähnen, wie mein Leben mit meiner Mutter damals aussieht und wie sie mich für ihre sexuellen Bedürfnisse ausnutzt? Ich habe mich zu der Zeit emotional immer mehr von meiner Mutter entfernt.

Schon bald zoffe ich mich mit ihr wegen meines leiblichen Vaters. Ein Reizthema, das wie so oft im Streit endet. Doch dieses Mal bin ich wieder ein bisschen schlauer. Denn die Wahrheit ist, dass keiner genau sagen kann, ob Hausmeister Henze wirklich mein Vater ist. Weil meine Mutter alles vögelte, was einen Liebesschwengel zwischen den Beinen hat. Und damit ist die Wahrscheinlichkeit groß, dass er tatsächlich nicht mein leiblicher Vater ist, sondern womöglich irgendein daher gelaufener Freier. Es fallen aber auch andere konkrete Namen. Nie werde ich die volle Wahrheit über meinen vermeintlichen leiblichen Vater erfahren. Mir wird die Luft zu stickig bei meiner Mutter. Ich muss weg.

Kurzerhand packe ich meine wenigen Sachen und mache mich auf den Weg. Mein Ziel: nirgendwo hin. Ich stehe also am Bahnhof in Düsseldorf und weiß nicht, was der nächste Morgen mir bringen wird. Keine Perspektive, keine Pläne, keine Kohle in der Tasche. Da begegne ich Helmut. Er ist etwa 1,90 Meter groß, kräftig, aber nicht dick, hat blonde Haare, blaue Augen – seine attraktive Erscheinung fesselt mich vom ersten Moment an, denn er erinnert mich an meinen ehemaligen Weggefährten Peter aus Neuenrade. „Was machst du denn hier, wo willst du denn hin“, spricht er mich an. Ich antworte: „Du, das weiß ich auch nicht. Ich habe kein Ziel.“ Offensichtlich treibt er sich häufiger am Bahnhof herum und ich scheine ihm ein bisher unbekanntes Gesicht zu sein. „Dann komm‘ doch mit nach Amsterdam“, fordert er mich auf. Amsterdam? Was soll ich denn da, frage ich. Helmut erzählt mir vom Strich an der Singlestraat in der Grachtenstadt, und dass man dort gutes Geld verdienen kann, erst recht, wenn man ein „solch hübscher Junge“ wie ich ist. Der Begriff Strich ist mir bis dahin noch nicht geläufig. Mit meinen 20 Jahren habe ich zwar schon homosexuelle Erfahrungen sammeln können, aber Sex für Geld, das Thema ist für mich tatsächlich neu.

„Ich habe aber gar kein Geld für die Fahrt nach Amsterdam“, sage ich. Großzügig bietet Helmut mir an, dass er die Fahrkarte für mich löst. 30 Mark kostet damals der Transfer mit der Bahn von Düsseldorf nach Amsterdam. „Ich zeige dir dann die besten Plätze da und kümmere mich um dich“, verspricht mir der gut aussehende junge Mann. Ohne groß zu überlegen, willige ich ein. Und schon wenige Stunden später befinde ich mich mit Helmut in den Niederlanden auf der Singlestraat in Amsterdam.

Die ersten Stunden dort führt er mich in die Stricher-Szene ein. Zeigt mir die einschlägigen Lokale und macht mich mit den anderen duitse Hurenjungens, wie die niederländischen Stricher ihre deutschen Wettbewerber nennen, bekannt. Irgendwie ist es eine komische Szenerie auf dieser Straße. Auf der einen Seite stehen die Kaasköppe, wie wir sie nennen, auf der anderen Straßenseite lauern wir Deutschen, die Kartoffelfresser. Nicht selten kommt es zu gewalttätigen Auseinandersetzungen zwischen den beiden Nationalitäten. Vor allem die Kaasköppe werfen uns immer wieder die Abwerbung ihrer Freier vor. Ich bleibe weitestgehend von solchen Attacken verschont, weil ich beim Boxen nicht der schlechteste Gegner bin und ich mich dadurch relativ schnell behaupten kann. Wenn man bei der ersten Auseinandersetzung überraschend als Sieger hervorgeht und der Kontrahent ordentlich Prügel bezieht, dann spricht sich so etwas schnell herum.

Gleich am ersten Tag auf der Singlestraat greife ich einen ersten Freier ab. 100 Gulden zahlt er mir für eine Stunde. Im nahe gelegenen Stundenhotel kostet das Zimmer 25 Gulden, das der Freier normalerweise übernimmt. Keine Frage, das ist gut und vor allem schnell verdientes Geld. Vor allem macht es mir auch Spaß. Für meine Leidenschaft und den Fun bekomme ich so noch Bares in die Tasche. Meinem ersten Kunden muss ich nur einen wichsen und blasen. Später ist allerdings das Ficken bei den Freiern die Regel. Manchmal kommt es auch vor, dass Sadomaso-Spielchen verlangt werden. Dann stehen die Männer mit Peitsche, Ketten und anderem für die Sexpraktiken notwendigen Krams vor mir. Da kann man auch schnell den Preis hochtreiben. 200, 300 oder auch 500 Gulden sind dann zu verdienen. Ein Gulden entspricht zu der Zeit etwa 90 Pfennige. In D-Mark gerechnet ist das also auch viel Geld, das ich an einem Abend verdienen kann. In Euro braucht man den Verdienst nicht umrechnen. Die Wertigkeit des Geldes ist damals ja auch eine ganz andere.

Um eine Unterkunft brauche ich mich nicht zu kümmern. Ich wohne bei Helmut und wir teilen uns die Miete. Mit meinem lukrativen Job als Stricher kann ich es mir schließlich leisten. Mehr noch. Von dem Geld kaufe ich mir die schönsten Klamotten, teure Markensachen, hoch angesagte Jacken, Hemden und Hosen, und bin schnell auf der Strichermeile als der Mann mit Stil bekannt. Das bereits von Helmut geknüpfte Netzwerk leistet mir in jenen Tagen ohne Zweifel wertvolle Schützenhilfe bei der Akquise. An Freiern mangelt es mir nicht. Natürlich spielt der Sex mit den Männern eine besondere Rolle. Allerdings bin ich auch an der Geschichte der Freier interessiert. Oft frage ich mich, was für Menschen eigentlich hinter diesen Fassaden stecken. Was bringt einen Mann dazu, sich Sex käuflich zu erwerben? Mit einem Stammkunden komme ich beim dritten Termin mehr ins Gespräch. Er erzählt mir, dass er verheiratet ist und drei Kinder Zuhause hat. „Was? Wie kann das sein? Verheiratet und Kinder? Und dann bist du hier und vögelst Stricher?“ Seine Antwort macht mich nachdenklich. Er erzählt davon, dass es für ihn eine Scheinwelt ist. Die konservative Gesellschaft ermöglicht ihm nicht das freie Ausleben seiner sexuellen Orientierung. Mit seiner Frau ist er seit Jahren nur noch auf dem Papier verheiratet. „Die Kinder sind halt da“, sagt er. „Warum setzt du dem Treiben kein Ende?“ „Der Schein muss alleine schon aus beruflichen Gründen gewahrt werden“, sagt er. Dieser arme Mann. Er kann nicht frei leben und entscheiden. Es ist, als ob man in einem Käfig lebt, aus dem es nur einen sehr schmerzhaften Weg ins Freie gibt. Ein Weg, der schwerwiegende Konsequenzen für das weitere Leben und damit sehr wahrscheinliches Leid nach sich zieht. Der Mann, er mag so um die 45 Jahre alt sein, sucht nach diesem Gespräch nicht nur den Sex mit mir. Manchmal sitzen wir auch nur da und unterhalten uns. „Was machst du sonst so, wenn du nicht auf dem Strich arbeitest“, fragt er mich. „Ich genieße das Geld, das ich mir hier verdiene.“ „Wie sieht dieser Genuss aus?“ „Ich ziehe mit den Jungs um die Häuser. Wir saufen, tanzen und haben einfach nur Spaß miteinander.“ „Das ist gut so, mein Junge. Nutze die Gelegenheiten, solange es noch welche gibt.“ Er ist nicht der einzige Mann, dem ich als willkommener Gesprächspartner diene. Es gibt mehrere Freier, mit denen ich nicht selten einfach nur auf dem Bett liege und mich mit ihnen unterhalte.

Nach kurzer Zeit avanciere ich zum Edel-Stricher. Mir geht es gut. Vor allem, weil ich auch die Finger vom Heroin lasse. Das ist nämlich die Kehrseite der Medaille auf der Singlestraat. Diese armen jungen, drogenabhängigen Stricher, die ihr Geld immer gleich für den nächsten Schuss ausgeben, sind die eigentlichen Opfer. Denn sie geraten immer an die richtig perversen Freier, werden extrem missbraucht und haben eigentlich keine wirkliche Lebensqualität. Sie sind Gefangene ihrer eigenen Seele und Sucht.

Ich bleibe clean und genieße entsprechend mein Leben in Amsterdam. Tagsüber flaniere ich durch die Straßen der Stadt und erfreue mich an neuen Begegnungen. So wie an den Treffen mit einem älteren Herrn mit einem Schifferklavier, den ich immer wieder aufsuche und großzügig für seine musikalische Kunst Geld in seinen Topf stecke. Er sitzt auf einem niedrigen Brett mit vier Rollen, ihm fehlen beide Beine. Damit robbt er durch die Stadt und nutzt beide Arme als Antrieb. Ein erschreckender und ja, auch erbärmlicher, Anblick. Einen Rollstuhl kann er sich nicht leisten. „Ich bin Kraftfahrer gewesen und arbeitete überwiegend in Deutschland. Eines Tages passierte mir auf der Autobahn A1 ein schrecklicher Unfall. Der kostete mich beide Beine“, erzählt er mir. Ich genieße die Gespräche mit ihm, bringe manchmal eine Flasche Rotwein mit, die wir zusammen leeren, und lausche seiner Musik. Wir haben kein bestimmtes Thema, über das wir uns unterhalten. Manchmal ist es die Weltpolitik, manchmal die eigene Gesundheit, manchmal reden wir einfach über die vorbeiziehenden Menschen. Eines Tages ist er nicht mehr da. Bekannte verraten mir, dass er in ein Heilerziehungsheim gebracht wurde.

Ich genieße aber auch die kulturelle Vielfalt in Amsterdam. Die indonesischen Restaurants sind spitze. Und auch die Nutten bereiten mir ab und zu Freude. Denn, ich bin ja immer noch beiden Geschlechtern zugetan. Da ich es mir leisten kann, gönne ich mir gelegentlich einen schnellen Fick mit einer hübschen Hure. An das erste Mal kann ich mich noch genau erinnern. Mit welcher Wonne ich die attraktive Braut vögele. Kostet mich gerade mal 50 Gulden.

Ich habe damals auch meinen ersten Sex mit einer Transe. Sie heißt Gina, sieht unheimlich hübsch aus, besitzt einen perfekten großen Busen und man kann auf den ersten Blick nicht erkennen, dass sie zwischen den Beinen noch ein mächtiges Gehänge hat. So geschickt verpackt sie ihr Glied in der Hose. Nachts verdient sie ihr Geld als Stripperin in einem entsprechenden Lokal oder bringt auf dem Strich die Freier geschickt um ihr Geld. Dafür fährt sie mit ihrem eigenen silbergrauen Mercedes Coupé an der Lustmeile entlang und lockt die Männer ins Auto. „Wie machst du das denn, wenn die in deinen Wagen steigen und die plötzlich merken, dass du einen Penis hast", frage ich sie. „Ach, Süßer, meistens haben die schon abgespritzt, ehe die auf den Trichter kommen, dass ich eine Transsexuelle bin", erklärt sie mir. Gina hat echt was auf dem Kasten. Abgezockt und abgebrüht ist sie, das stimmt. Aber auf der anderen Seite auch herzlich und umgänglich. Für den Sex mit ihr muss ich nichts zahlen. Denn wir mögen uns wirklich.

Privaten Sex habe ich auch mit Helmut. Sehr oft nach unserer Schicht auf dem Strich geben wir uns Zuhause gegenseitig hin. Die Eier entleeren, nennen wir das. Es gibt wenige richtige Wegbegleiter wie Helmut und Gina.

Einer, der mir immer treu zur Seite steht, ist Sirius. Fast jede Nacht halte ich nach meinem persönlichen Sternenfreund Ausschau und spreche in Gedanken mit ihm über meine Gefühle. Wie gewohnt signalisiert er mir mit seinem Funkeln seine Kommunikationsbereitschaft und vermittelt mir wie in all den Jahren zuvor das Gefühl von Sicherheit. Es scheint als wolle er mir sagen: „Mach weiter so. Lebe!“ Wenn der Stern mal nicht funkeln würde, ich würde mir sicher die Frage stellen, ob ich etwas falsch mache. Dazu kommt es aber nie. Sein funkelndes Strahlen lässt in seiner Intensität bis heute nicht in einer Nacht nach und ich empfinde es nach wie vor wie eine warme, beschützende Umarmung.

In Amsterdam feiern und tanzen Helmut und ich oft in einer großen Kellerdiskothek in der Singlestraat. „COC“ heißt die Diskothek und fasst ein paar Hundert Menschen. Dort gebe ich mich in meiner gewohnt extrovertierten Art des Tanzens hin und nicht selten kiffen wir einen großen Joint, um unseren Lebensrausch zu erweitern. Damals, zur aktiven Zeit des legendären Jimmy Hendrix, können wir das Gras an jeder Ecke kaufen und rauchen. Das liberale Amsterdam lässt grüßen. Im „COC“ lerne ich Franz kennen. In der einen Hand einen Joint, in der anderen ein Bier und immer schön im Takt das Tanzbein schwingend. Franz ist ein seriös wirkender Mann. Grauhaarig, etwa 1,75 Meter groß und mit einem väterlichen Ausdruck. Er spricht mich mit seinem schweizerdeutschen Akzent an, nachdem er mich schon eine ganze Weile beobachtet, wie er mir gesteht. Nicht nur an dem Abend. Schon ein paar Tage zuvor hat er mit wachem Auge mein von Lebensfreude geprägtes Verhalten genau observiert und sich schließlich ein Herz gefasst und mich angesprochen. „Du bist öfter hier, oder?“ „Ja, ist eines meiner Lieblingslokale.“ „Und? Was machst du, wenn du hier nicht so aufregend tanzt“, führt er weiter aus. „Naja, ich verdiene mein Geld auf der Straße, wenn du verstehst, was ich meine.“ Er nickt. „Ja, ich verstehe und das ist für mich absolut kein Problem.“ „Für mich auch nicht“, sage ich und wir beide müssen lachen. Ich erfahre von ihm, dass er als hochrangiger Diplomat im Dienste der Schweizer Regierung steht. Genauer gesagt ist er als Botschafter im Iran tätig. Nach diesem, nur kurzem Gespräch fordert er mich auf: „Komm‘ mit mir mit in die Schweiz. Du kannst bei mir leben und wir verbringen eine gute Zeit miteinander.“ Ich habe allerdings in dem Moment andere Interessen. Ich will nur tanzen und die Wirkung meines, gerade konsumierten Joints genießen. Außerdem habe ich noch eine ganz andere Hürde, die mich daran hindert, seinem Vorschlag zuzustimmen. „Ich habe gar keinen Ausweis. Ich komme gar nicht über die Grenze und bin schon froh, dass die Behörden mich hier in Amsterdam nicht ausweislos erwischen“, sage ich ihm und tanze weiter.

Doch Franz gibt nicht auf. Ein paar Tage später begegnen wir uns erneut im „COC“, wieder fordert er mich auf, ihn zu begleiten.

„Alter, ich habe dir doch gesagt, dass ich keinen Ausweis habe.“ „Norbert, das ist kein Problem. Wir müssen mit meinem Auto nicht an der Grenze anhalten. Das hat Diplomatenkennzeichen und eine

Standarte. Wir können ohne Kontrolle bis in die Schweiz fahren. Komm mit mir mit. Ich würde mich sehr freuen."

Zugegeben, der Gedanke reizt mich sehr. Zumal Franz einen sehr sympathischen Eindruck macht. Also willige ich ein. Kurzerhand schnappt er sich ein großes Telefongerät, kann auch ein Funkgerät von enormer Größe sein und ruft Gustav, seinen Chauffeur an. „Gustav, mach' dich bereit. Wir fahren heute noch nach Zürich ", sagt er. Und ich bin schwer beeindruckt. Franz hat sogar einen eigenen Chauffeur. Nicht nur das. Als wir dann auf die Straße gehen, erblicke ich das Gefährt, mit dem wir die lange Reise vom niederländischen Flachland bis in die Schweizer Alpen angehen wollen. Ein Rolls Royce! Wie ich später erfahre, leistet sich Franz diese und alle anderen luxuriösen Annehmlichkeiten dank eines millionenschweren Erbes. Denn selbst als Botschafter verdient man nicht unbedingt so viel Geld, als dass man sich ein Auto dieser Art, eine herrschaftliche Villa in Zürich und mehrere Hausbedienstete inklusive Friseur leisten kann.

Wir fahren noch schnell zu Helmuts Wohnung, wo ich meine Sachen packe und mich verabschiede. Und weniger als eine Stunde später sitze ich auf dem

Rücksitz der Edelkarosse und schlürfe Sekt, den Franz in einer kleinen Bar gekühlt parat hält. „Gustav, auf geht es nach Zürich“, befiehlt er. Gustav zieht zustimmend seine Chauffeursmütze leicht nach vorne und drückt aufs Gas. Bis heute kann ich mich noch ganz genau an das Gefühl während dieser Fahrt erinnern. Es ist, als ob man mit einem Schlitten auf einer Decke lockeren Pulverschnees dahingleitet. So sanft und leise führt uns der Rolls Royce über die europäischen Straßen. Und Franz zögert auch nicht lange, bis er mir sanft in den Schritt greift. Als er meine Rute packt, ist er hochbegeistert und knetet genüsslich an meinem Pimmel. Von dem Moment an bin ich sein Gespiele. Eigentlich mehr. Denn er behandelt mich wie seinen Partner, auch wenn er mich in der Öffentlichkeit als seinen deutschen Neffen vorstellt. Das gesellschaftliche Leben in der Schweiz ist nicht annähernd so liberal wie bei den Kaasköppen. Entsprechend vorsichtig wird das Thema Homosexualität behandelt. Zudem bekleidet Franz ein hohes Amt, bei dem es sich nicht schickt, seine schwule Neigung frei auszuleben.

Die ersten Tage in seiner Villa am Zürichsee nimmt sich der etwas betagte Diplomat die Zeit, um mich in die Benimmregeln der oberen Gesellschaft einzuführen.

Der richtige Umgang mit dem Besteck und andere gesellschaftliche Verhaltensregeln stehen auf der Tagesordnung. Gleich zu Beginn muss ich mich allerdings von meiner langen Mähne trennen. Meine Haare reichen mir mittlerweile bis über die Schultern. Ein zu auffälliges Bild für die Schweizer Öffentlichkeit. Und für Franz soll und will ich akkurat aussehen. Seitdem führe ich ein Luxusleben zwischen den Bergen. Franz ist zwischendurch immer wieder für einige Wochen im Iran, um seinen Verpflichtungen nachzugehen. Währenddessen mangelt es mir an nichts. Die Bediensteten stehen mir zur Verfügung, ich lebe in der Villa und auch Geld ist genug da. Ich werde in der Zwischenzeit sogar als Alleinerbe für sein Vermögen eingesetzt. Das haut mich total um, ist es doch völlig überraschend für mich. Zumal ich all' die vergangenen Jahre die Mittellosigkeit gewohnt war. Er hat keinen Nachwuchs oder nahe Verwandte. Die Freizeit während seiner Abwesenheit verbringe ich überwiegend mit Spaziergängen in Zürich. Irgendwie passe ich immer auf, dass Gustav nicht in der Nähe ist. Denn ich habe das untrügliche Gefühl, dass er von seinem Arbeitgeber den Auftrag erhält, mich im Auge zu behalten und Rapport zu erstatten. Vielleicht mag mich mein Gefühl auch täuschen. Wirklich sicher kann ich mir mit meiner Annahme nie sein.

Der Grund, warum mich dieses Gefühl beschleicht, ist das von Eifersucht getriebene Verhalten von Franz. Denn, wenn wir gemeinsam in einschlägigen Lokalen wie zum Beispiel im „Pussycat“ unterwegs sind, macht mir mein Partner öfter mal eine Szene. Ich werde nämlich dort von meist Gleichaltrigen angemacht. Natürlich gefällt mir das und ich flirte mit Wonne. Das sieht Franz überhaupt nicht gerne und schimpft manchmal sehr energisch mit mir: „Hör mal, du bist mit mir zusammen. Da kannst du nicht mit anderen Männern flirten. Das will ich nicht. Respektiere das!“

Nach etwa einem Jahr nehmen diese Eifersüchteleien überhand und ich fühle mich zunehmend wie sein Dackel an einer Leine. Eingesperrt in einen goldenen Käfig. Andere Käfige kenne ich ja schon. Ich will aber frei sein und entschließe mich, die Flucht nach vorne anzutreten. Eines Abends teile ich Franz meinen Entschluss mit, dass ich wieder zurück nach Amsterdam, zu Helmut und den anderen Stricherkollegen will. Selbstverständlich ist er nicht besonders erfreut. Mit einer Mischung aus Traurigkeit, Verzweiflung und Wut versucht er mich noch von meinem Entschluss abzubringen, was sogar fast so endet, als dass er eine sehr wertvolle chinesische Vase an der Wand zerschmettern will. Die Vase bleibt heile und Franz besinnt sich. Mehr noch. Er organisiert alles Notwendige für meinen Rücktransport mit dem Zug von Zürich nach Amsterdam am folgenden Morgen.

Auf dem Weg zum Bahnhof ist Franz traurig. Trotz meiner Entscheidung macht er mit mir eine abschließende Shoppingtour durch die Edelboutiquen der Stadt. Von oben bis unten werde ich eingekleidet. Die erworbenen Kleidungsstücke füllen letztlich drei große Koffer, die Gustav in mein 1. Klasse Abteil bringen lässt. Natürlich beschleicht mich das Gefühl, dass Franz mich damit bestechen und zur Umkehr bewegen will. Der Gedanke verflüchtigt sich aber bald wieder.

Und dann kommt der Moment des Abschieds. Der grauhaarige Mann steht mit tieftrauriger Miene am Bahnsteig und überreicht mir einen wunderschönen Strauß mit zehn Baccararosen. Dazu händigt er mir noch zwei Umschläge aus und sagt: „Öffne diese Briefe erst, wenn du unterwegs bist. Ich werde dich sehr vermissen!" Es folgt eine letzte herzliche Umarmung und ich steige in den Zug. Als der aus dem Bahnhof rollt, kann ich Franz noch erkennen, der mir zuwinkt und sich dabei mit einem weißen Seidentuch die Tränen aus dem Gesicht wischt.

Wenige Minuten später öffne ich den ersten Umschlag. Darin befinden sich 10.000 Schweizer Franken. Das ist unheimlich viel Geld, dürften umgerechnet rund 15.000 Deutsche Mark sein. Meine letzte finanzielle Unterstützung durch diesen Mann, der mir ja doch sehr ans Herz gewachsen ist. Im zweiten ist ein Brief, in dem steht: „Mein lieber Norbert. Leider muss ich dir mitteilen, dass ich schwer an Krebs erkrankt bin. Die Diagnose meines Arztes ist niederschmetternd. Denn ich habe höchstens noch ein Jahr zu leben. In der Zeit wollte ich dir noch ein väterlicher Freund sein und hätte mir gewünscht, du wärst bis zum Schluss bei mir geblieben. Ich wünsche dir für deinen weiteren Lebensweg in Amsterdam, alles Gute und Erfolg. Dein dich noch immer liebender Franz."

Ich bin von seinen Zeilen geschockt und im ersten Moment möchte ich am liebsten wieder aussteigen. Meine Hand umschließt bereits fest den Nothaltegriff und es fehlt nicht viel und ich würde ihn ziehen. Doch meine innere Stimme hält mich davon ab. Denn der Zug ist in mehrerer Hinsicht abgefahren. Auch kann ich mich nicht dem Verdacht erwehren, dass der Brief vielleicht doch noch ein letzter Versuch ist, mich zu erpressen. Mir ist meine Freiheit aber in dem Moment einfach wichtiger. Nach fast einem Jahr kommt ein Anruf von Gustav. Franz hatte ja meine und Helmuts Telefonnummer in Amsterdam, von der er jedoch nie wieder Gebrauch machte. Auch ich wollte nicht mehr Kontakt haben, um die Angelegenheit nicht erneut aufzuwühlen. „Norbert. Ich wollte dir nur mitteilen, dass Franz gestorben ist", sagt Gustav. Und mich überzieht ein kalter Schauer. Es ist also doch kein Erpressungsversuch gewesen, die Nachricht von Franz' Diagnose. Plötzlich wird mir schlagartig bewusst, was Franz die ganze Zeit gewollt hat. Ohne Nachwuchs hat er offensichtlich nur einen Wunsch. Mir in den letzten Monaten seines Lebens eine Chance zu geben, aus dem Stricherdasein zu entfliehen und mit dem Erbe ein neues Leben zu beginnen. All seine Liebe galt nur mir. Zwischenzeitlich wurde ich natürlich wieder aus dem Testament gestrichen. Verständlich, schließlich ist der Kontakt zwischen uns gänzlich abgebrochen und für ihn musste es so ausgesehen haben, als habe ich keinerlei Interesse mehr an seiner Person.

Als meine Freunde in Amsterdam von diesem Vorfall erfahren, spotten sie über mich: „Mann, bist du dumm. Lässt die Millionen flöten und kehrst zurück nach Amsterdam." Doch umso mehr ich darüber nachdenke, desto weniger bereue ich meinen damaligen Entschluss. Denn schließlich überwog der Wunsch nach Freiheit. Geld und Gut können mich nicht glücklich machen. Die Stricher in Amsterdam verstehen nichts davon. Mein höchstes Gut ist die Freiheit. Ein Gefühl, das sich nicht mit Gold aufwiegen lässt. Es ändert aber nichts an der Tatsache, dass mich noch heute eine unendliche Traurigkeit überkommt, wenn ich an Franz' Schicksal denke. Er hatte mich zutiefst geliebt und auch ich hatte eine tiefe Zuneigung aufgebaut, die aber letztlich nicht der Eifersucht von Franz standhalten konnte. Franz blieb als ein Mensch in meiner Erinnerung, der mir Gutes tun wollte, und hat sich damit einen unauslöschlichen Platz in meinem Herzen erkämpft. Jetzt gerade kommen mir die Tränen, wenn ich an ihn denke. Jetzt, wo ich selbst in seinem Alter bin. Die Zeit holt einen immer wieder ein. Bis das eigene Leben schließlich auch ein unumstößliches Ende nimmt.

***Aus dem Nachbarraum kommt Norberts Lebensgefährte Bernd herüber. Er sieht die Tränen an seiner Wange herabfließen. „Was ist passiert“, fragt er. Norberts Blick trifft seine Augen, die einen treu sorgenden Ausdruck haben. Die vergangenen 27 Jahre begleitet Bernd ihn nun schon durchs Leben. Er kennt jedes einzelne Detail seiner Vergangenheit und ist ihm in der Aufbereitung seiner Geschichte stets der wichtigste Anker seiner Seele. „Ach“, stöhnt Norbert auf. „Franz.“ Bernd nickt und versteht sofort, warum ihn gerade dieses Kapitel so bewegt. Bernd kommt näher, streichelt ihm sanft die Schultern: „Norbert, es ist gut, dass du die Erlebnisse endlich niederschreibst. Deine Traurigkeit hat auch etwas Gutes. Sie ist ein Teil deiner Aufbereitung und ist so wichtig.“ Norbert ergreift mit seiner rechten Hand Bernds Handrücken auf seiner Schulter, den Blick auf den Bildschirm seines Laptops gerichtet. „Bernd, ich bin dir so dankbar. Danke, dass du immer für mich da bist.“

Die Zeit hat ihn an diesem Tag wieder eingeholt. Es ist mittlerweile spät am Abend und er entschließt sich, eine Pause einzulegen. Sirius funkelt ihm zustimmend am klaren Nachthimmel aus der Ferne durch das Fenster im Arbeitszimmer zu. „Da hast du wieder ordentlich was geschafft. Du kannst stolz auf dich sein“, scheint ihm sein Sternenfreund zuzuflüstern.

Am nächsten Morgen setzt sich Norbert mit neuem Elan an seinen Sekretär: ***

In Gedanken bin ich noch immer in der Grachtenstadt. Ich habe das Geld, das ich von Franz erhalten habe, binnen kürzester Zeit auf den Kopf gehauen. Partys, Alkohol, Nutten – ich habe die Kohle schlichtweg verprasst. Finanziell wird es eng für mich. Dann es steht zudem der so genannte „Graue Herbst“ vor der Tür. Das ist die Zeit, in der die Geschäfte für uns Stricher nicht besonders gut laufen, die Freier nach und nach ausbleiben. Kurz nachdem mich also die Nachricht von Franz‘ Ableben erreicht, bin ich mit der nächsten Herausforderung konfrontiert. Wie soll ich den Herbst und Winter in Amsterdam über die Runden kommen? Ohne Geld, ohne gültige Papiere. Zu jener Zeit fordert mich Helmut auf, ihn zurück nach Deutschland zu begleiten. Er will einen Neuanfang in Bad Zwischenahn bei seinen Eltern und in ihrem Geschäft starten. „Komm‘ mit, Norbert“, sagt Helmut. Doch ich frage mich nur, was ich denn dort soll. Ohne Job, ohne Wohnung. Aber Helmut versichert mir, wir würden schon was Passendes für mich finden.

Und so kehren wir beide Amsterdam den Rücken und ziehen gemeinsam ins Oldenburger Land. Während

Helmut in Bad Zwischenahn seinen Plänen nachkommt, organisiert er mir eine 14-tägige Probearbeit in der Oldenburger Gaststätte „Zum Pferdestall". Die Inhaber Harald und Magda wollen mir eine Chance geben und mich bei erfolgreicher Einarbeitung dauerhaft als Servicekraft beschäftigen. Das Lokal läuft aber eher schleppend und eine langfristige Anstellung ist von einer deutlichen Umsatzsteigerung abhängig. Was soll ich sagen? Ich schaffe es tatsächlich, dass innerhalb der zwei ersten Wochen deutlich mehr Gäste in die Kneipe kommen. Es hat sich herumgesprochen, dass der Pferdestall einen neuen Mitarbeiter hat, der besonders umgänglich und lustig drauf ist. Und so kommt es, dass Magda und Harald mir anbieten, weiter im Lokal zu arbeiten. Nicht zuletzt, weil ich nicht nur als Kellner eine hervorragende Figur mache, sondern weil ich auch als Türsteher und Rausschmeißer unglaublich effektiv bin.

Die Entlohnung kann sich sehen lassen. Denn ich handele ein umsatzabhängiges Honorar aus. 15 Prozent des Tagesumsatzes plus Trinkgeld wandern in meine Tasche. So komme ich im Monat auf mindestens 1000 Deutsche Mark Einkommen, was zu der Zeit eine beträchtliche Summe ist. Ich kann mir eine größere

Wohnung leisten und habe auch sonst keine finanziellen Sorgen. Durch mein Auftreten im Pferdestall mache ich mir also schnell einen Namen. Ich bin wieder wer. Jeden Tag bekomme ich von den Gästen unzählige Getränke ausgegeben. Meistens Weinbrand-Cola, den ich über den ganzen Tag hinweg – ich arbeite von 11 Uhr vormittags bis spät in die Nacht – literweise runterspüle. Mancher Gast fragt sich bestimmt, wie ich nur so viel Alkohol vertragen und dabei noch vernünftig arbeiten kann. Ich schaffe es halt. Vielleicht ist es auch Gewohnheit. Komischerweise habe ich aber nie das Gefühl, dem Alkohol vollends verfallen zu sein, wie es bei den typischen Alkoholikern der Fall ist. Glücklicherweise werde ich nie abhängig. Schon zu meinen Zeiten in Amsterdam fällt mir auf, dass ich dem Drogen- und Alkoholkonsum nicht zum Opfer falle.

In Oldenburg putsche ich mich zudem mit Medikamenten auf. Tagsüber nehme ich Captagon, um hellwach bei der Sache zu sein, nachts schmeiße ich mir Valium ein, um in den Schlaf zu finden. Das Zeug bekomme ich kostenlos von einem befreundeten Apotheker, der auch schwul ist. Das geht Wochen und Monate so. Und trotzdem kann ich die Weinbrand-

Cola Gläser leeren, ohne in einem totalen Rausch zu enden.

Im Pferdestall mache ich schließlich auch die Bekanntschaft mit Sophie - der Toleranz in Person. Eine wunderbare Geschichte, an die ich mich bis heute gerne erinnere. Wie immer spendieren mir die Gäste Getränke, die auf einem Tablett über der Registrierkasse abgestellt werden und an denen ich mich bei Bedarf – mit einem kräftigen „Prost“-Zuruf in die Runde – bediene. Zwischen den Weinbrand-Colas steht auch immer wieder ein Martini Bianco. Über Wochen frage ich mich, wer mir denn das widerliche Zeug austut. Ich lasse den Martini immer stehen. Mir schmeckt das ölige Gesöff so gar nicht. Bis heute nicht. Ich frage meine Chefin Magda, von wem das Getränk kommt, aber sie will mir partout keine Auskunft geben. Das sei ein Geheimnis, sagt sie.

Irgendwann platzt mir aber der Kragen. Ich stelle Magda vor die Wahl: „Entweder du sagst mir jetzt, wer mir den Martini ausgibt oder ich bin längste Zeit hier Kellner gewesen. Ich habe die Heimlichtuerei satt!“ Sie schaut mich mit großen Augen an und erkennt, dass ich es ernst meine. Also lüftet Magda das lang gehütete Geheimnis. „Du kennst doch die Mädels, die immer hinten am runden Tisch in der Ecke sitzen. Das Mädchen mit den dunklen langen Haaren ist die, die dir den Martini immer ausgibt. Ich musste allerdings versprechen, dass ich dir nichts verrate."

Das ist für mich mein Stichwort. Ich gehe schnurstracks auf den Tisch zu und will dem hübschen Mädchen mal so richtig die Meinung geigen. Denn die anderen Gäste haben die Geschichte mitbekommen und sind ohnehin gespannt auf meine Reaktion. Plötzlich ist es ruhig in der Kneipe und ich stehe schließlich am Tisch vor den jungen Frauen, schaue meiner Gönnerin tief in die Augen und lege mit lauter Stimme los: „Du bist das also, die mir ständig den Martini ausgibt!", maule ich sie an. „Dann will ich dir mal was sagen! Erstens ich kann das Gesöff nicht ausstehen. Und zweitens bin ich schwul. Du kannst mir deine Möse hier auf den Tisch legen und ich würde da mit einem Hammer kräftig draufschlagen!" Bis heute frage ich mich, welcher Teufel mich da geritten hat, dass ich derart die Fassung verlieren konnte. Und das alles nur wegen eines Martinis.

Das ganze Lokal hört gebannt zu und ich bin der festen Überzeugung, dass dem Mädchen angesichts meiner energischen Worte die Lust an meiner Person vergeht.

Doch ich täusche mich sehr. Sie kontert mit energischen Stimme: „Das ist mir scheiß egal, ob du schwul bist. Ich liebe dich trotzdem!“

Schlagartig wendet sich das Blatt für mich. Statt wie erhofft, die Gäste mit meinem bestimmten Auftreten auf meiner Seite zu wissen, schafft es meine Kontrahentin mit ihren Worten, das schallende Gelächter der anderen Lokalgäste für ihre Reaktion zu ernten. Eine Reaktion, die mich mit einer solchen Wucht ereilt, dass ich keine Worte für eine Antwort finden kann und kurzerhand wieder hinter der Theke verschwinde und meinen Dienst weiter verrichte. Das Mädchen mit dem Martini heißt Sophie. Eine anmutige Prinzessin, die mich bis zum heutigen Tage begleitet.

In der Nacht mache ich mir lange Gedanken über die außergewöhnliche Begegnung und finde keinen Schlaf. Das ist mir bisher noch nie passiert. Eine öffentliche Liebeserklärung. Trotz meiner dem männlichen Geschlecht zugewandten sexuellen Orientierung zieht mich Sophie mit ihrem Outing in ihren Bann. Ich entschließe mich, sie näher kennenzulernen. Bei der nächsten Gelegenheit spreche ich sie bei uns in der Kneipe an und lade sie am darauffolgenden Sonntag zu einer Bootstour auf dem Oldenburger Kanal ein. Ihre

Freude über meine Einladung ist nicht zu übersehen. Sie strahlt wie ein Honigkuchenpferd, in ihren Augen funkelt die Vorfreude. „Ja, ich komme gerne“, sagt sie.

Es ist ein wunderschöner spätfrühlingshafter Tag. Links und rechts des Kanals säumen Bäume mit mittlerweile sattgrünen Blättern die Uferpromenaden. Es herrscht eine angenehme Ruhe. Einzig die Klänge der durch den leichten Wind in Bewegung gesetzten Takelagen der Boote am Anleger unterbrechen die Stille in unregelmäßigen Abständen. Ich stehe bereits schon eine Weile am Kanal und warte auf meine Verabredung. Dann kommt Sophie um die Ecke. Eingehüllt in ein strahlend weißes Kleid, ihre langen dunklen Haare wehen verführerisch im Wind. Ihre charmanten dunklen Augen strahlen am hellen Tage wie zwei funkelnde Sterne. Es ist, als ob sie eine Gesandte meines engen Vertrauten Sirius ist. Diese atemberaubende Frau liebt dich, habe ich damals noch gedacht - noch ehe ich sie zur Begrüßung in meine Arme nehmen kann.

Wir steigen ins Boot und noch immer fehlten mir die Worte. Irgendwie will ich mich und mein Verhalten in der Kneipe erklären. Doch ich weiß nicht wie. Schließlich setze ich zur Erklärung an, mit der ich meine schwule Orientierung noch einmal zum

Ausdruck bringen will: „Aber Sophie, ich bin doch schw ...!“ Diesen einen Satz kann ich nicht zu Ende bringen. Denn Sophie sagt nur „Pssst“ und legt mir dabei ihre Finger auf meine Lippen. „Ich liebe dich. Alles andere ist egal. Schweig jetzt und ruder“, befiehlt sie mir. Sie ist eine Frau, die genau weiß, was sie will. Und sie will mich. Ich rudere weiter und schweige.

Diese phänomenale Liebeserklärung zeigt ihre Wirkung. Ich bin hin und weg von Sophie. Nach diesem wunderschönen Tag auf dem Kanal habe ich den unbändigen Willen, dieses attraktive Mädchen näher kennenlernen zu wollen. Also lade ich sie eine Woche später zu mir nach Hause ein. Es ist mein freier Tag und ich nutze die Zeit, um uns ein ausgiebiges Abendessen zuzubereiten. Ich habe mich mittlerweile in ein großzügiges Loft eingemietet. Leisten kann ich es mir ja. Mein Job im Pferdestall wirft genug ab. Die neue Mietwohnung richte ich für den anstehenden Besuch entsprechend romantisch ein. Ich platziere in alle Ecken Kerzen, decke liebevoll den Tisch und lege Platten von Zarah Leander und Edith Piaf auf. Dieses Mal ist Sophie hin und weg von meinen Bemühungen und genießt sichtlich die Kohlrouladen, die ich für uns kredenze.

Dieser Abend verankert sich fest in mein Gedächtnis. Die Erinnerungen daran scheinen mir heute kaum älter als eine Woche alt zu sein. Dabei ist das über 40 Jahre her. Sophie war gerade 18, ich 22 Jahre alt. Stundenlang tauschen wir uns über unser bis dahin gelebtes Dasein aus. Meine außerordentlich extremen Erfahrungen schreckt sie nicht ab. Im Gegenteil. Wir merken, dass unsere beiden Geschichten uns zu Seelenverwandten machen. Denn auch Sophies Jugendzeit im tiefen Ostfriesland ist nicht gerade von erfüllter Lebensfreude geprägt. So erzählt sie mir, dass sie sich als ungewolltes Kind in der Familie fühlte. Dabei gehe es bei ihr weniger um eine unglückliche Kindheit, eine glückliche Kindheit hatte sie irgendwie schon. Vielmehr plagt sie der Gedanke, dass sie womöglich nicht wirklich zur Familienplanung ihrer Eltern gehört. „Das ist auch ein Grund, warum ich schon früh von Zuhause weg bin", erzählt sie mir, dabei tief in die Augen blickend. Sophie zieht es zuvor auf die ostfriesischen Inseln, wo sie immer wieder zur Sommersaison kellnert. Schließlich beginnt sie ihre Ausbildung zum Zimmermädchen in einem Oldenburger Hotel.

Heute weiß Sophie, dass sie ihr Gefühl vom ungewollten Nachwuchs trog. Dafür spricht alleine schon ihr herzlicher Umgang mit ihren mittlerweile über 80-jährigen Eltern.

Das untrügliche Gefühl des miteinander Vertrautseins, der Verliebtheit und Geborgenheit verleitet uns an diesem romantischen Abend dazu, uns gegenseitig unser Herz auszuschütten. Wir setzen damit den Grundstein für eine jahrzehntelange Partnerschaft, die uns beide mit Glück erfüllt. Dennoch kommt in mir während unseres Gesprächs immer wieder der Gedanke auf, dass diese Verbindung mit Sophie doch eigentlich nicht sein könne. Schließlich bin ich bekennender Homosexueller. Doch wie sehr diese Zweifel in mir auch toben, das Gefühl der Liebe ist stärker und führt dazu, dass wir uns in dieser Nacht innig küssen und schließlich lieben. Seither weiß ich, dass ich genau genommen kein homosexuelles, sondern vielmehr ein bisexuelles Leben führe.

Die sexuelle Ausrichtung spielt für mich ohnehin keine große Rolle. Für mich steht der Mensch im Vordergrund. Mir ist egal, wer mir diese bedeutenden drei Worte „Ich liebe Dich!" sagt. Mann oder Frau, schlichtweg egal. Mein kaum zu stillender Durst nach ehrlicher Liebe verlagerte meinen Fokus auf das Wesentliche, den inneren Kern eines Menschen. Das

Geschlecht spiegelt dabei doch letztlich nur die äußere Hülle wider. Überhaupt bin ich der Meinung, dass die Sexualität eine Geißel der Menschheit ist. Viel zu oft gehen Partnerschaften in die Brüche, weil der Sexualität zu viel Bedeutung beigemessen wird. Sex ist ein positiver Nebeneffekt der Liebe. Wichtig ist aber, dass die Chemie zwischen zwei Individuen stimmt. Liebe geht nicht nur sprichwörtlich durch den Magen und durch die Lenden, sie geht auch durch die Nase. Man muss sich riechen können, sonst ist eine Verbindung zum Scheitern verurteilt.

Ja, irgendwie habe ich da in der Hinsicht meine eigene Philosophie vom Leben mit der Liebe. Rückblickend betrachtet sind meine zum Teil auch sexuellen Erfahrungen in der Kindheit und Jugend auch eben in dieser Philosophie begründet. Ich habe doch im Heim mit Peter nicht geschlafen, weil ich nur scharf auf seinen Schwanz war. Er gab mir schlichtweg das Gefühl, geliebt und respektiert zu werden. Das, und wirklich nur das, waren die Gründe für unsere Partnerschaft. Und der wesentliche Faktor, warum ich heute mittlerweile weit über 25 Jahre mit meinem Lebenspartner Bernd Bett und Tisch teile.

Bei Sophie ist das nicht anders. Wir führen in Oldenburg ein Leben als Paar. Doch eines Tages scheint es so, als wenn sich unsere Wege für immer trennen werden. Während meiner Arbeitszeit im Pferdestall kommt es irgendwie immer wieder zu kleinen Reibereien an der Tür. Denn ich arbeite nicht nur als Servicekraft, sondern fungiere zudem als Türsteher und Rausschmeißer, wenn es die Situation erfordert. So passiert es, dass ich eines Abends auch stadtbekannte Hehler und Diebe vor die Tür setze, weil sie sich nicht an die Hausregeln halten. Krumme Geschäfte haben im Lokal nichts zu suchen. Leider nehmen mir die Jungs das aber irgendwie übel und ziehen mich wenig später nach einem missglückten Raub im Schmuckgeschäft böswillig in die Geschichte mit rein, indem sie behaupten, ich sei der Hauptabnehmer ihrer Beute und würde die Hehlerware im Pferdestall unter die Leute bringen. Das ist natürlich gelogen. Aber das interessiert die Polizei nicht, die bei meiner Chefin vorstellig wird und sich nach mir erkundigt. Da ich an diesem Tag keinen Dienst habe, ruft Magda mich Zuhause an und erzählt mir von dem Vorfall. Mich packt schiere Panik. Ich will doch nichts mit den Behörden zu tun haben, erst recht nicht mit der Polizei. Ich habe keine Ausweispapiere, arbeite schwarz und male mir die absurdesten Szenarien aus, was die Polizisten wohl mit mir machen werden. Nein, in den Knast will ich nicht. Schon gar nicht unschuldig. Also packe ich in einer Kurzschlussreaktion meine Sachen und will mich auf den Weg nach Osnabrück machen.

In den Wochen zuvor ist es nämlich so, dass ich Rudi Kleine und Dolle, zwei schräge Vögel aus Osnabrück, kennenlerne. Die beiden kommen regelmäßig zu uns ins Lokal und hauen ihre Kohle auf den Kopf. Es ist nicht zu übersehen, dass die beiden Herren auch ein Auge auf Sophie geworfen haben, die ja auch sehr oft im Pferdestall ist. „Wenn du willst, kannst du jederzeit zu uns kommen", fordern sie mich häufig auf. „Und nimm deine hübsche Freundin gleich mit!" An diesem Tag ist der Zeitpunkt für mich gekommen, an dem ich auf das Angebot zurückkommen werde. Ich kündige mich telefonisch bei den Jungs in Osnabrück an. Mein zweiter Anruf gilt Sophie. „Ich muss die Stadt verlassen. Da ist was passiert. Jemand hat mich in eine miese Geschichte reingezogen und die Polizei sucht mich", sage ich ihr. „Mein Zug geht heute Nachmittag. Ich werde zu Rudi und Dolle nach Osnabrück fahren."

Normalerweise sollte man annehmen, dass für Sophie und für mich somit ein Abschied unmittelbar bevorsteht, der gleichzeitig auch das Ende der Beziehung bedeuten wird. Da kenne ich meine Sophie offenbar schlecht. Denn als ich am Bahnhof ankomme, um den Zug in den Süden zu nehmen, steht diese hinreißende Frau mit gepackten Sachen am Bahnsteig und sagt: „Ich will nicht ohne dich sein. Ich komme mit dir mit. Komme, was wolle." Unsere Liebe ist für sie stärker als jede andere gesellschaftliche Verpflichtung. Sie schmeißt ihre Ausbildung und lässt unserer Partnerschaft zuliebe ihr Leben in Oldenburg hinter sich. Der Zug nach Osnabrück führt uns beide in ein neues Leben.

In der niedersächsischen Stadt angekommen, empfangen uns Rudi und Dolle herzlich und sorgen für eine Bleibe. Zunächst teilen wir uns ein kleines Appartement an der Hamburger Straße. Doch nach wenigen Wochen ziehen beide aufs Land in einen Kotten und meine Sophie und ich haben schließlich die Wohnung für uns alleine.

Ein neues Leben in einer neuen Stadt kostet allerdings auch Geld. Davon haben wir beide keins. Für Sophie jedoch hat Rudi gleich von Beginn einen Job. Er hatte eine Freundin – heute weiß ich, dass diese Freundin namens Babsi für ihn anschaffen war – die in der

Nachtbar Sansibar arbeitete. Eine Bar, in der nicht nur Cocktails und Champagner geschlürft wurden, sondern die Herren sich auch in Separees an den freizügigen Frauen bedienten. Die damalige Chefin Billy, die noch heute ein Striplokal in Osnabrück betreibt, nimmt Sophie, nachdem sie von Babsi vorgestellt wurde, mit offenen Armen auf. Kein Wunder, war meine geliebte Partnerin doch eine außerordentlich hübsche Frau, die alleine schon mit ihrer wunderbaren Erscheinung ganz sicher für höheren Umsatz sorgen würde. Doch besteht Sophie darauf, lediglich als Servicekraft an der Theke eingesetzt zu werden. Sie will sich nicht von schmierigen Händen zwischen ihren Beinen befummeln lassen oder sich gar von den Gästen ficken lassen. Das alles ist für Billy kein Problem und seither hat Sophie sehr gutes Geld in der Sansibar verdient. Nicht zuletzt, weil das Trinkgeld der großzügigen Herren zuweilen eine beachtliche Summe ergeben hatte.

Während sie in Lohn und Brot steht, zeichnet sich bei mir ein weniger erfolgreiches Bild ab. Arbeit gibt es keine für mich und so lebe ich knapp über ein Jahr als Arbeitsloser von Sophies Einnahmen. Ich fühle mich irgendwie nicht wohl dabei. Und ich will doch auch meinen finanziellen Teil zu unserer Partnerschaft, der gemeinsamen Wohnung und den Unternehmungen leisten. Stattdessen lebe ich auf ihre Kosten. Ein wahrlich schlechtes Gefühl. Zu allem Überfluss verprasse ich einen Teil ihres Geldes auf meinen nächtlichen Streifzügen durch die Osnabrücker Schwulenszene. Wenn ich heute darüber nachdenke, frage ich mich, welcher Teufel mich damals geritten hat, dass ich so verschwenderisch mit Sophies Lohn umging.

Arbeit wartet damals nicht auf mich. Der Knast allerdings schon. Bis heute verfolgt mich mein Schicksal, das von schreiender Ungerechtigkeit geprägt war. Eines Nachts, ich bin wieder in der Schwulenszene unterwegs, kommt es zu einem folgenschweren Zwischenfall. Es gibt eine Homosexuellen-Kneipe, in dem die Schwulen der Stadt tanzen, saufen und auch ihre sexuellen Dienste anbieten. Viele von den Jungs kenne ich gut, ich freunde mich mit ihnen über Monate hinweg an. Was irgendwie auch nicht schwer ist. Wir Homosexuellen – oder wie in meinem Fall Bisexuellen – gehören ja einer Minderheit an. Erst recht in den 70er Jahren. Gesellschaftlich ist die Akzeptanz unserer sexuellen Neigung Lichtjahre von heutigen Verhältnissen entfernt. Umso leichter finden wir gegenseitig in dieser kleinen Gruppe von

Homosexuellen Anschluss und führen irgendwie unser Leben abseits der normalen Gesellschaft. In einschlägigen Kneipen für Schwule finden wir jeweils eine Insel der Glückseligkeit, weil wir dort auf gegenseitigen Respekt und Verständnis stoßen.

An diesem einen Abend bin ich wieder in dieser Kneipe. Es herrscht eine ausgelassene Stimmung. Dann öffnet sich die Tür, drei stämmige Männer treten herein und fangen an, die Gäste aufs Übelste zu beleidigen. „Adolf hätte euch Schwulenpack die Eier abgeschnitten", tönt es aus ihren Kehlen. Gefolgt von weiteren Nazi-Sprüchen und Beleidigungen. In der Kneipe sagt daraufhin keiner mehr was. Die Gespräche enden abrupt. Wie gebannt schauen alle die drei Störenfriede an, die mit ihren Hasstiraden ein mehr als zweifelhaftes Statement lieferten.

Geschockt von der Dreistigkeit dieser Herren und von meinem stark ausgeprägten Gerechtigkeitssinn geleitet, unterbreche ich die Stille und rufe ihnen zu: „Hey, da müsst ihr mal zu mir kommen und zeigen, wie der Adolf das gemacht hätte. Dann zeige ich euch mal, was dann passiert!" Wenige Sekunden später läuft der erste Mann auf mich zu. Ich nehme Maß, hole aus, und versetze ihn mit einem klassischen Kinnhaken ins Reich der Träume. Sein Kompagnon, der Zweite im Bunde, lässt nicht lange auf sich warten und geht ebenfalls auf mich los. Ihn erwartet das gleiche Schicksal. Mit der gleichen Präzision wie nur wenige Sekunden zuvor strecke ich ihn mit einem kräftigen Fausthieb nieder. Da schlummern die Beiden nun auf dem Kneipenboden.

Zwar habe ich nicht besonders viele Erfahrungen mit handfesten Schlägereinen, aber das Boxen liegt mir einfach. Der dritte und letzte Nazi-Arsch fällt jedoch nicht auf meine rabiate Taktik rein. Er stürmt auf mich zu, für mich keine Chance, mit geballter Kraft einen rechten Haken zu platzieren. Stattdessen boxen wir wahllos aufeinander ein, verfallen in ein Gerangel und räumen dabei die Tische ab. Flaschen und Gläser klirren. Schließlich landen wir beide im Scherbenhaufen, die vielen Narben auf meinem rechten Arm zeugen heute noch von der Auseinandersetzung. Und endlich habe ich die Chance, dem Kerl eine zu verpassen. Da liegt er nun. Allerdings spritzt ihm das Blut aus der Schläfe und Panik breitet sich in mir aus. Mein italienischer Freund Massimo steht mit offenem Mund im Raum und ich rufe ihm zu: „Lass‘ uns abhauen!“ Gezahlt hatten wir nicht mehr, was aber auch kein Problem war, denn der Wirt kannte uns schließlich und wir würden die Zeche bei nächster Gelegenheit ausgleichen. Massimo und ich steigen in seinen Alfa Romeo, der vor der Tür steht und nur wenige Meter nach unserer Abfahrt kommen uns bereits drei Mannschaftswagen der Polizei entgegen. Ihr Ziel ist klar: die Schwulenkneipe, in der ich gerade drei stämmige Männer niedergestreckt hatte.

Viele Wochen ziehen ins Land, ohne dass sich etwas tut. Das eine oder andere Mal diskutieren wir an der Theke noch über die Prügelszenen, was genau mit den pöbelnden Herren passiert war, weiß keiner so recht. Bis ich einen Brief von der Staatsanwaltschaft Osnabrück bekomme und zum Verhör geladen werde. Der dritte Kontrahent hatte sich beim Kampf so gefährlich an der Schläfe verletzt, dass er sein rechtes Augenlicht dadurch verloren hatte. Er und seine Kumpels hatten behauptet, ich hätte mit der Prügelei angefangen und den Dritten schließlich mit einem Glas niedergeschlagen. Eine Version, die ich natürlich mithilfe der zahlreichen Zeugen in der Kneipe widerlegen kann.

Auf der Suche nach diesen Zeugen allerdings werde ich leider bitter enttäuscht. Entweder die besagten

Bekannten sind gar nicht mehr in der Stadt und sind zum Beispiel nach West-Berlin ausgewandert, um etwa dem Wehrdienst aus dem Wege zu gehen. Oder sie verweigern die Aussage mit der Begründung, dass sie sich nicht geoutet hätten und Familie und Freunde auf keinen Fall etwas mitbekommen dürfen. Zu allem Überfluss hat die Kneipe in der Zwischenzeit auch noch ihre Pforten komplett geschlossen. Der Wirt Klaus ist meine letzte Hoffnung, hatte er den Verlauf der Schlägerei doch genau mitbekommen. Doch er hat sein Lokal verkauft und ist in die USA ausgewandert, was wohl ein lang gehegter Traum des Wirts gewesen war.

Da stehe ich. Ohne Zeugen. Mit der wahren Version des Konfliktes. Gegen die Aussagen der drei verlogenen Bastarde. Der Gerichtsprozess endet schließlich mit folgendem Ergebnis: 15 Monate Haft und Zahlung von 30.000 D-Mark an die Krankenkasse für die Operationskosten des Geschädigten. Mein Leben ist ein Scherbenhaufen. Mein Mitgefühl für den Nazi-Arsch, den es bei der Auseinandersetzung doch schon hart erwischt hat, hält sich in Grenzen. Jahre später sehe ich das anders.

Wenige Tage später ist mein Haftantritt im offenen Vollzug der JVA Lingen. Den ich allerdings ignoriere.

Was zur Folge hat, dass die Polizei noch am gleichen Tag mit einem Haftbefehl vor meiner Tür steht und mich ins Osnabrücker Gefängnis einsperrt. Eine Woche verbringe ich dort, ehe mich die Beamten mit der Grünen Minna nach Lingen bringen. Mein Tagesablauf dort ist überschaubar. Morgens Frühstück, tagsüber für den Straßenbau außerhalb der Gefängnismauern in der Region arbeiten, abends Abendbrot, nachts schlafen. Ich bin ein gebrochener Mann. Nicht einmal Sirius kann mich trösten, denn die vergitterten Fenster zeigen in eine andere Himmelsrichtung.

Sophie fehlt mir sehr, obwohl sie mich immer wieder liebevoll mit ihrem Besuch beglückt. Doch es hilft nichts. Innerhalb kürzester Zeit magere ich von meinem Kampfgewicht von 87 Kilogramm auf 63 Kilogramm ab. Das bleibt natürlich auch nicht den Wärtern verborgen. Sie fordern mich auf, zu essen, ansonsten drohe eine Zwangsernährung. Sie suchen sogar das Gespräch mit Sophie, denn sie soll „als meine Verlobte Einfluss auf Herrn Henze nehmen". Und das tut sie auch.

Bei ihrem nächsten Besuch sagt sie mir: „Lass' uns heiraten!" Mein Glück ist für diesen einen Moment vollkommen. Sophie, sie will mich heiraten. Ein ausdrucksvolleres Vorhaben für ein Zeichen der Liebe mag es wohl kaum geben. Ein weiterer Vorteil: Für die Vermählung erhalte ich zwei Tage Sonderurlaub außerhalb des Gefängnisses. Sophie organisiere und regelt die Formalitäten. Und so kommt es, dass wir uns wenige Wochen später im Osnabrücker Standesamt das Ja-Wort geben und die Hochzeit anschließend bei ihren Eltern in Ostfriesland feiern.

Mit ihren Eltern habe ich zwischenzeitlich ein gutes Verhältnis aufgebaut. Sie wissen, dass ich bisexuell bin und Sophies Vater machte immer wieder gerne Anspielungen, indem er Schwulenwitze in die Runde schmeißt. Wir lachen alle darüber. Zwei herrlich schöne Tage vergehen, an denen ich nicht nur Sophies Familie näher komme, sondern auch einfach nur den Abstand zum Knast genießen kann. Trotzdem muss ich wieder in Lingen antreten.

Dort verfalle ich wieder in Lethargie. Sophie fehlt mir noch mehr als zuvor und die Mauern um mich herum scheinen mich zu erdrücken. Da sitze ich wieder. Eingesperrt. Das will ich nicht. Und schon gar nicht unschuldig. Immer tiefer verfalle ich in diese abgrundtiefe Traurigkeit, die mich – vier Wochen vor meiner Entlassung – zu einer Verzweiflungstat verleiten.

Wie jeden Abend befinden wir uns auf dem Rückweg von der Baustelle zur JVA. Ich sitze vorne auf dem Beifahrersitz des Bullis, leicht besoffen vom soeben verzehrten Rotwein. Ab und zu besorgt einer der Häftlinge beim Kiosk was zum Trinken für die Truppe. Das wird geduldet. Aber Alkohol offiziell mit in die JVA zu nehmen, ist verboten. Der Transporter kommt langsam zum Stehen. Vor uns eine niedergelassene Bahnschranke, der Motor wird abgestellt und wir harren in Warteposition aus, bis der Zug an uns vorüberrauscht. In meinem Anfall von Traurigkeit und geistiger Umnachtung, reiße ich die Tür auf, renne aus dem Wagen direkt der Schranke entgegen, klettere rüber und springe auf die Schienen. Ich will mir das Leben nehmen, weil ich die schreiende Ungerechtigkeit nicht mehr ertragen will und mir Sophie so fehlt. Ich stelle mich mit ausgebreiteten Armen und geschlossenen Augen hin. „Bist du verrückt geworden? Komm‘ wieder zurück!“, schallt es aus dem Transporter. Mir ist aber alles scheiß egal. Der herannahende Güterzug leitet sofort eine Notbremsung ein. Die Räder quietschen und schleifen über die

Schienen, das Geräusch kommt immer näher. Keine Ahnung, was mir da gerade durch den Kopf geht. Ob ich vielleicht Frieden mit mir selbst geschlossen hatte? Ich weiß es nicht. Der Güterzug kommt zum Stehen. Allerdings erwischt er mich noch unsanft mit einem seiner Puffer und schleudert mich einige Meter durch die Luft. Den Anderen verschlägt es die Sprache. Kein Ton ist mehr zu hören. Stille. Ich liege im Gleisbett und muss erst mal begreifen, dass ich noch lebe. Wie durch ein Wunder komme ich mit leichten Schürfwunden und Prellungen davon. Es dauert nicht lange, da ist die Polizei auch schon vor Ort. Der Zugführer muss während des Bremsmanövers bereits schon bei seiner Leitstelle Alarm geschlagen haben.

Da ich offensichtlich keine Verletzungen habe, sacken mich die Polizisten gleich ein. Ich tobe vor Wut. „Lasst mich gehen, ihr Schweine! Ich will zu meiner Sophie." Die Beamten haben sichtlich Mühe, mich in Schach zu halten. Mehrfach versuche ich mich gewaltsam aus der festen Umklammerung der Polizisten zu lösen. „Du sitzt jetzt richtig ein", drohen sie und liefern mich beim geschlossenen Vollzug in Lingen ab. Dort angekommen tobe ich noch immer. „Ich will zu meiner Sophie! Ich will zu meiner Sophie!" Ich randaliere im

Krankenhausbereich, schmeiße das Bett gegen die Wand. Zuviel für die Verantwortlichen vor Ort. Es dauert nicht lang, da begleiten mich drei Männer in weißen Kitteln in meine neue Zelle – aus Gummi. Sirius erst recht nicht in Sichtweite. Da ich immer noch nicht Ruhe gebe und ich den Rest der Insassen mit meinem Gesang „Völker hört die Signale, auf zum letzten Gefecht. Die Internationale kämpft für das Völkerrecht!" zum einstimmigen Chor animiere, versetzen sie mir eine Beruhigungsspritze, die mich in einen tiefen Schlaf katapultiert. Als ich aufwache, sind die Aluminium-Handschellen derart von meiner Krafteinwirkung verbogen, dass sie sich nicht mehr mit einem Schlüssel öffnen lassen und dann mit einem Bolzenschneider von meinen Handfesseln entfernt werden müssen.

Vier Wochen muss ich noch absitzen. Ich bin froh, dass mich der Zug nicht voll erwischt hatte. Denn nach vier Wochen starte ich in ein neues Leben. In Osnabrück. Mit Sophie und als verheirateter Mann.

In Osnabrück stellt sich innerhalb von wenigen Monaten mein Leben auf den Kopf. Glücklicherweise finde ich schnell Arbeit in der Verzinkerei Heinemann. Endlich verdiene ich mein eigenes Geld. Sophie und ich ziehen aus der Innenstadt in den Stadtteil Hellern, wo wir eine schöne Wohnung unweit meiner Arbeitsstelle finden. Auch meine Sophie schlägt neue Wege ein. Nach ein paar Monaten bewirbt sie sich erfolgreich als Zimmermädchen beim Hotel Hohenzollern und verabschiedet sich von der Arbeit an der Theke bei Billy im Lokal. Dort lernt sie zuvor aber noch Karl-Ernst kennen, der eine bedeutende Position in unser beider Leben einnehmen wird.

Während ich noch im Knast sitze, freunden sich Kalle und Sophie an. Er leidet sehr unter dem Tod seiner Frau Friedel - ein Hirntumor hat sie heimgesucht - und sucht schlichtweg angenehme Gesellschaft. Meine Frau erzählt von ihrem Gatten, der gerade zu Unrecht in Lingen einsitzt und von unserer bewegenden Vergangenheit. Kalle will mehr von uns erfahren und so treffen wir uns direkt nach meiner Entlassung immer wieder mit ihm privat. Er hat eine bereits schon in die Jahre gekommene Erscheinung und ist nicht sexuell an uns interessiert, sondern einfach nur menschlich. Fast jeden Tag sitzt er zum Essen bei uns in der Wohnung. Es entwickelt sich eine tiefe Freundschaft. Und eines Tages kommt sein Vorschlag: „Lass‘ uns doch eine WG gründen. Wir kommen doch so gut miteinander aus.“

Kalle hat ein großes Haus in Lengerich, nahe Osnabrück. Das Haus verkauft er und von dem Erlös baut er in Hellern an der Wihokirche einen Bungalow, in dem wir alle drei ausreichend Platz finden. Dafür nimmt er einen Kredit über 40.000 Mark auf. Zuvor zahlt er auch noch meinen vom Gericht auferlegten Schadensersatz an die Krankenkasse, weil ich das Geld nicht habe. Ihm ist nur wichtig, dass er in uns eine lebenswerte Gesellschaft gefunden hat. Da spielt Geld keine Rolle.

Wir leben eine ganze Weile zusammen und haben eine wunderschöne Zeit, in der wir alle auf unsere Kosten kommen. Denn wir finden die für uns nahezu perfekte Gemeinschaft, geprägt von unterhaltsamen Abenden und spannenden Gesprächen. Bis Kalle eines Tages nach dem Essen anfängt zu würgen.

Ich frage ihn: „Was ist denn los?“ „Norbert, mir ist schlecht, ich muss würgen.“ Leider bleibt es nicht dabei. Es wiederholt sich bei jedem Essen und Sophie und ich sorgen uns sehr. Bis er von der Toilette zurückkehrt und sagt: „Ich habe Blut im Urin.“ Keine Frage, dass wir sofort dafür sorgen, dass Kalle einen Arzt aufsucht. Die Diagnose ist grauenvoll: Prostatakrebs.

Wir müssen uns also gemeinsam auf seinen Tod vorbereiten. Denn so viel ist uns allen klar: Die Krankheit wird Kalle dahinraffen. Wir alle wissen, es ist ein Spiel auf Zeit. Seine Chancen auf Heilung tendieren nahezu gen null.

Dann kommt die Vereinbarung: „Sophie und du, ihr beide pflegt mich und seid für mich da. Im Gegenzug setze ich euch als Erben für das Haus ein. Das ist das Mindeste, was ich tun kann", sagt uns Kalle nach der Diagnose. Für uns ist es aber ohnehin eine Selbstverständlichkeit, dass wir uns um unseren lieb gewonnenen Freund kümmern.

Wenige Monate später geht es nicht mehr. Kalle baut wegen der Strahlentherapie körperlich stark ab. Zuletzt kann er kaum noch Nahrung zu sich nehmen und ich füttere ihn mit kleinem Gemüse aus der Bonduelle-Dose. Der Gang zum Klo ist für ihn nicht mehr selbstständig zu bewältigen. Immer wieder kotet er sich ein, wenn ich es nicht mehr rechtzeitig schaffe, ihn zur Toilette zu tragen. In einer Novembernacht, der erste Schnee fällt in Osnabrück, bin ich mit meinen Nerven am Ende. Ich rufe im Krankenhaus an und informiere die Ärzte über seinen Zustand, und dass wir Sorge haben, dass er in unserer Obhut nicht mehr adäquat gepflegt und schließlich unter unseren Händen wegsterben wird. Ein paar Stunden später steht der Krankenwagen vor unserer Tür und Kalle wird auf einer Trage aus dem Haus geleitet. Ich werde nie seinen letzten Blick aufs Haus vergessen. Seine Augen sprechen es deutlich aus: „Dieses Haus hast du das letzte Mal gesehen.“

Im Krankenhaus bekommt er weiterhin seine Therapie, aber eine Besserung seines Gesundheitszustandes ist nicht in Sicht. Im Gegenteil. Zuletzt kann er nicht einmal sprechen, so geschwächt ist er von der Chemotherapie, seine Stimmbänder geschunden von den giftigen Medikamenten. Im Dezember kommt dann mitten in der Nacht der Anruf aus dem Krankenhaus. „Herr Henze, wir müssen ihnen leider mitteilen, dass ihr Onkel verstorben ist.“ Dem Personal werde ich als Kalles Neffe vorgestellt. Mit seiner Familie, die in Lengerich wohnt, hat er sich schon lange verstritten. Und sie ist damit einverstanden, dass wir eben jene Rolle in seinem Leben einnehmen und entsprechend in seinem Testament berücksichtigt werden. Das hat auch einige Vorteile im Umgang mit dem Krankenhaus.

Da stehe ich, morgens um fünf Uhr, an Kalles Bett, welches in einen abgeschiedenen Raum geschoben wurde. Friedlich liegt er da. Ich küsse ihn auf seine Stirn und verabschiede mich von ihm. Im Hintergrund steht eine Krankenschwester. Ich frage Kalle: „Mensch, wo hast du denn deine Sachen gelassen?“

„Die sind in dem blauen Sack dort neben dem Bett“, sagt die Schwester. Beim Anblick der blauen Plastiktüte überkommt mich der Groll und es prescht aus mir heraus: „Was? So entsorgt ihr die Menschen hier? Die Sachen einfach in einen blauen Sack geschmissen?“

„Nun beruhigen sie sich doch. Wir können selbst nichts daran ändern. Das ist Vorschrift hier im Krankenhaus.“ „Das sind unmenschliche Vorschriften“, harsche ich sei an. Die Krankenschwester bittet mich dennoch freundlich um einen Gefallen. „Wenn sie ihren Onkel vom Beerdigungsunternehmen abholen lassen, machen sie das bitte im Dunkeln.“ Ich verstehe nicht auf Anhieb ihre Bitte und hake nach. „Was soll der Quatsch?“ Ihre Antwort öffnet mir die Augen und verdient mein Verständnis. Gerade auf dieser Station liegt eine Reihe von todgeweihten Patienten. Es ist kein schöner Anblick für sie zu sehen, wie wieder jemand das Zeitliche gesegnet hat und sorgt für unnötige Depressionen. Ich willige ein und Kalle wird schließlich nach Sonnenuntergang abgeholt.

Die folgenden zwei Jahre leben Sophie und ich alleine im Haus. Aber irgendwie nebeneinander her. Sie arbeitet ihre Schichten im Hotel und ich in der Verzinkerei. Gemeinsame Stunden sind selten. Hinzu kommt, dass Sophie Bedenken wegen unserer Partnerschaft hegt. „Wir müssen uns trennen, mein lieber Norbert. Wir führen doch schon lange nur noch eine Ehe auf dem Papier. Und außerdem weiß ich doch, dass du insgeheim eher schwul bist. Du musst dein Leben so führen, wie du es möchtest. Das ist nicht nur besser für dich, sondern auch für mich." Ihre Offenbarung kommt für mich sehr überraschend. Klar, schließlich führe ich ein sehr bequemes Leben an der Seite meiner sehr toleranten Frau. In den Monaten zuvor bringe ich immer wieder Männer mit nach Hause und hatte Sex mit ihnen. Sophie akzeptiert das. Mehr noch. Manchmal kommentiert sie meine nächtlichen Besuche mit „Oh, da hast du aber dieses Mal einen hübschen Mann mit nach Hause gebracht" oder auch „Na, den Kerl hättest du wohl besser in der Kneipe lassen sollen", wenn er ihr nicht gefällt.

Ihre Toleranz zeigt sich auch in anderen Bereichen. Einmal verkleidet sie sich als Mann, um Einlass in eine Schwulenbar in Hannover zu bekommen. „Ich möchte mal mitkommen und mir das selbst dort anschauen“, sagt sie. Ich zweifele, ob ihre Tarnung wirklich Wirkung zeigen wird. Aber tatsächlich. Trotz Frauenverbots gewährt ihr der Türsteher Einlass und wir haben einen Heidenspaß in dieser Nacht. Eine andere Gelegenheit steht auch sinnbildlich für Sophies Offenherzigkeit. Wir standen am Osnabrücker Hauptbahnhof und wollen eigentlich ins Taxi einsteigen. In dem Moment kommt ein Mann auf uns zu und flirtet massiv mit Sophie. Ich stehe daneben und muss mich zusammenreißen. Was fällt dem Kerl ein, meine Frau so anzugraben? Sophie mit ihrem Feingefühl hingegen erkennt die Situation und geht darauf ein. „Was ist denn. Was willst du denn von mir?“, fragt sie den Fremden. Unumwunden gibt er zu verstehen, dass er meine Frau ficken will. „Naja“, entgegnet ihm Sophie. „Wenn du mich ficken willst, dann musst du mich mit meinem Mann nehmen. Uns gibt es nur im Zweierpack.“ Ein Angebot, auf das der Mann eingeht und so landen wir schließlich zu dritt in unserem Bett und vögeln uns gegenseitig. Er mit ihr, ich mit ihm, er mit mir, ich mit ihr – ein erotisches Durcheinander.

Das alles ist zwar ein Zeichen für Sophies Toleranz – auch, wenn der Dreier eine absolute Ausnahme bleibt -, aber es täuscht dennoch nicht darüber hinweg, dass es ihr in unserer Ehe nicht wirklich wohlergeht und sie Gleiches von mir annimmt. Wir trennen uns einvernehmlich, beschließen das Haus zu verkaufen und führen bis heute eine tiefe und innige Freundschaft. Viel bleibt uns nicht von dem Geld, das wir für das Haus bekommen haben. Die Immobilienpreise waren im Keller und auch der Finanzierungskredit von immer noch 40.000 D-Mark muss abgelöst werden. Aber das ist uns nicht wichtig. Wir gehen einen bedeutenden Schritt für uns beide und können seitdem unsere Leben noch freier gestalten. Und das ist auch gut so. Kurze Zeit darauf lerne ich Bernd kennen.

Trotz unserer Trennung verbringen Sophie und ich viel Zeit miteinander. Schließlich lieben wir uns noch. Wenn auch nur noch auf freundschaftlicher Basis. Wir schreiben mittlerweile das Jahr 1987. Ich habe mich in einer schönen Wohnung in der Martinistraße 48 eingerichtet, gehe wie gewohnt meiner Arbeit nach und stehe Sophie immer wieder gerne mit meinem Auto zu Diensten. Regelmäßig hole ich sie nach ihrer Schicht im Hotel ab und bringe sie nach Hause oder wir kaufen zusammen für den Haushalt ein. Ich warte dann immer vor dem Hotel Hohenzollern, bis sie aus der Tür tritt.

An einem lauen Sommertag geht plötzlich ein junger Mann auf mich zu. Bernd, gerade 20 Jahre alt geworden. Da steht er nun, in seiner Bermuda-Shorts, seinen langen dunkelblonden Haaren und seiner Nickelbrille auf der Nase. Er hat irgendwas von John Lennon an sich. „Sag mal, weißt du, wo ich hier schwimmen kann", fragt er mich. Ich bin ein wenig erstaunt über seine Frage. Ich wundere mich ohnehin, was er hier vor dem Hotel rumlungert. „Schwimmen? Klar, da in der Hase kannste schwimmen", sage ich lachend und deute auf den Fluss, der in unmittelbarer Nähe seinen Weg durch die Stadt bahnt. Er lacht und wir kommen ins Gespräch. „Ich warte auf eine Freundin, die hier im Hotel arbeitet", sagt er. Viel mehr Informationen tauschen wir nicht aus, denn Sophie tritt aus der Tür und ist abfahrbereit. Sie grüßt den jungen Mann noch freundlich und wir ziehen ab. „Sag mal, kanntest du den Mann", will ich von ihr wissen. „Ja, das ist ein Kommilitone von meiner Kollegin Kirsten. Der kommt aus Bielefeld", erklärt sie mir.

Es vergehen zwei Wochen, bis ich Bernd wieder treffe. Ausgerechnet in einem Schwulenlokal in Osnabrück. Mensch, der ist auch schwul, denke ich. Freude steigt in mir auf, irgendwie fühle ich mich wie ein verliebter

Teenager – ein Gefühl zwischen Hoffnung und Unsicherheit. Ich setze mich neben ihn an die Theke und gehe gleich in die Offensive. Während unseres Gesprächs versuche ich immer wieder meine Hand auf seinem Oberschenkel zu platzieren, was er jedoch mit einer dezenten, aber doch bestimmten Handbewegung unterbindet. Keine Chance, der steht nicht auf dich, denke ich mir. Ich treffe ihn seitdem öfter dort an, aber meine Ambitionen bleiben unerwidert. Ich habe mich hingegen sofort in ihn verknallt. Lange Zeit beschäftigt mich der Gedanke, dass ich unglücklich verliebt bin. Doch eines Tages, ich komme vor dem Hotel ins Gespräch mit seiner Studienkollegin Kirsten, zeichnet sich plötzlich ein anderes Bild ab. „Du, dein Freund, der Bernd, das ist ja ein ganz Süßer. Aber wie mir scheint, hat er überhaupt kein Interesse an mir“, meine ich. Ihre Antwort lässt mein Herz wieder aufs Neue für Bernd entflammen. „Wenn du dich da mal nicht täuscht“, sagt sie. „Immer, wenn wir zusammen nach Bielefeld fahren, fragt er mich nach dir aus.“ „Ach nee, was denn genau?“

„Er wollte wissen, was du für ein Typ bist. Irgendwie kann er dich wohl nicht einschätzen.“

Für mich ist diese neue Erkenntnis Grund genug, um beim nächsten Aufeinandertreffen mit Bernd einen

Gang höher zu schalten. Bei der nächsten Gelegenheit in der Bar spreche ich ihn wieder an und lade ihn ohne Umschweife zum Essen bei mir ein. Er willigt ein.

Der Tisch in meiner schönen Wohnung ist liebevoll gedeckt. Der Fonduetopf mittig auf meinen Wagenrad-Tisch gestellt. Kerzenlicht sorgt für eine romantische Atmosphäre und es beschleicht mich ein bekanntes Gefühl. Ein Déjà-vu. Ähnlich bereite ich mich viele Jahre zuvor auf das Essen mit Sophie vor. Und es ist damals von Erfolg gekrönt gewesen. Wird es mir dieses Mal mit Bernd ebenso ergehen und meine Bemühungen sich auszahlen? Ich fühle mich dieses Mal erst recht wie ein verliebter Teenager. Die Spannung in mir kaum auszuhalten. Wird Bernd, der mich zuvor eher abgewiesen hat, tatsächlich meiner Einladung folgen? Ich blicke aus dem Fenster und erspähe meinen besten Freund Sirius. „Sag, mein lieber Sternenfreund. Bin ich auf dem rechten Pfad?“ Ich habe das Gefühl, in dieser Nacht strahlt Sirius besonders hell. So hell, als will er mir sagen: Alles wird gut. Es klingelt. Bernd ist da.

An diesem Abend sprechen wir über die vielen Dinge des Lebens. So wie früher mit Sophie. Und Bernd offenbart mir, dass er mich anders eingeschätzt hat. Alleine schon die Wohnungseinrichtung spiegle mein liebevolles Wesen wider. Im Gegensatz zur Begegnung vor vielen Jahren mit Sophie küssen und lieben wir uns in dieser Nacht nicht.

Die folgenden Monate kommen wir uns zwar näher, aber Bernd geht nicht von Beginn an in die Vollen. Er geht ganz vorsichtig an diese neue Bindung mit mir heran. Es verstreichen ein paar Wochen, bis wir intim miteinander werden. Erst ein Jahr später entscheiden wir uns für ungeschützten Geschlechtsverkehr und lassen uns daher beide im Vorfeld auf HIV testen. Der Grundgedanke ist von unserer gegenseitigen Treue und Liebe gelenkt. Nach langer Zeit des vorsichtigen intimen Umgangs soll uns der Test Gewissheit liefern.

Auf dem Weg zum Labor, um die Testergebnisse abzuholen, liegt eine unglaubliche Spannung in der Luft. Unsere Herzen wummern. Was ist, wenn ein Test oder sogar beide positiv ausfallen? In dieser Stunde, im Auto auf dem Weg zum Labor, kommen wir an einer Ampel zum Stehen und Bernd sagt diesen einen Satz zu mir, den ich mein Leben lang nicht vergessen werde: „Wenn dein Test positiv ist, bleibe ich trotzdem bei dir, denn ich liebe dich!“ Mein Herz hüpft vor Freude. Das Glücksgefühl übermannt mich, und ich nehme Bernd in den Arm und wir küssen uns leidenschaftlich. Im Auto, an der Ampel, irgendwo in Osnabrück. Mittlerweile ist die Ampel schon mehrfach auf Grün umgesprungen, hinter uns hupende Autos und wütende Autofahrer im Stau. Doch wir küssen uns und um uns herum steht die Welt für einen Moment still. Bernd hat diese für mich so bedeutungsvollen Wörter gesagt: Ich liebe dich.

Wie sehr mich der Schrei nach Liebe und geliebt seit jeher beschäftigt. Meine große Liebe Bernd antwortet mir dieses Gefühl mit Wärme, Respekt, Leidenschaft und Akzeptanz. Das ist ein denkwürdiger Tag für mich. Für uns. Der Test fällt für beide von uns negativ aus. Erleichtert und glücklich starten wir in einen neuen Abschnitt unserer Partnerschaft. Nun ist für uns beide klar: Wir wollen unser Leben miteinander verbringen.

***Norbert hält mit dem Schreiben inne, blickt auf das Display seines Notebooks und scrollt langsam über das bisher vollbrachte Werk. Es sind beachtlich viele Seiten geworden, hätten aber auch deutlich mehr werden können, wenn er jedes Detail mit aufgenommen hätte. Es kommt ihm aber auf die wesentlichen Eckpunkte seines schwierigen Lebens an. Die, die ihn bis heute so sehr beschäftigen und ihm eine tonnenschwere Last in Form von depressiven Gedanken bescheren. Mit Stolz und Erleichterung wandert er rückwärts von Seite bis Seite. Bald ist es geschafft.

Im Hintergrund knarrt die Eingangstür. Bernd kehrt zurück von der Arbeit. Norbert hört den Schlüsselbund klirren, als ihn Bernd auf die Anrichte neben der Tür legt. „Hallo Großer", schallt es vom Flur in den Arbeitsraum herein, ehe er mit einem Lächeln auf dem Gesicht vor Norbert steht und fragt: „Wie kommst du voran?" Die Anstrengungen stehen dem Künstler ins Gesicht geschrieben. Die Aufarbeitung seines Lebens war in den vergangenen Tagen stets von Gefühlsausbrüchen begleitet. Viele Tränen der Trauer, aber auch der Freude, lancierten die unliebsamen oder schönen Erinnerungen. „Ich bin bald fertig. Noch ein Kapitel. Das Letzte. Ich bin gerade an der Stelle, wo und wie wir uns kennenlernten. Nun möchte ich noch unsere vergangenen gemeinsamen Jahre kurz zusammenfassen, dann habe ich mein Projekt vollendet", antwortet er seinem Lebensgefährten, der sich einen Stuhl nimmt und sich neben Norbert setzt. Norbert klappt seinen Laptop zu und greift Bernds Hand. „Ich bin dir so dankbar für unsere gemeinsamen Jahre. Ich weiß gar nicht, wo ich beim Schreiben anfangen soll. Vielleicht mit der Situation, wie ich deine

Familie nach und nach kennenlernte?" Bernd muss lachen, wenn er daran denkt, wie das damals war. „Du kannst ja damit beginnen zu erzählen, wie dir meine Mutter lange Zeit immer aus dem Weg gegangen ist", sagt er. ***

Bernds Mutter konnte Norbert anfangs nicht ausstehen. „Was willst du mit dem alten Sack? Der will doch nur Frischfleisch", versucht sie ihren Sohn zu bekehren. Wenn der alte Sack von Osnabrück nach Bielefeld kommt, um ihren Sohn abzuholen, verschwindet sie. Sie will mit Norbert nichts zu tun haben. „Erinnerst du dich noch an die Schrankgeschichte", fragt Norbert seinen Partner, der seine Hand langsam streichelt. Beide fangen an zu lachen. „Mir pocht noch heute das Herz, wenn ich daran denke, wie ich mich in deinem Kleiderschrank versteckte, weil deine Mutter die Treppe hochkam. Als sie dann auch noch mit einem Berg frischer Wäsche in der Tür stand, dachte ich, es ist vorbei. Wahrscheinlich hätte sie ebenso der Schlag getroffen wie mich, wenn sie die Schranktür geöffnet und mich dort vorgefunden hätte. Sie tat es nicht, legte die Sachen glücklicherweise auf deinen Tisch, was ich mit Erleichterung durch den kleinen Türschlitz im Schrank erspähte."

Eines Tages steht Norbert vor Bernds Tür und Vater Helmut sagt kurzerhand: „Nun komm‘ rein, du isst jetzt erst mal mit uns!“ Eine sichtlich unangenehme Situation für Mama Hanna. Denn dieses Mal muss sie sich mit Norbert abgeben. Es gibt eine große Pfanne Bratkartoffeln, bei der Norbert sich schlagartig an die Zeit bei den Pflegeeltern in Hatzte erinnert fühlt. Dort hat es ja auch nur Bratkartoffeln für ihn gegeben. Tag für Tag. Allerdings waren die Umstände in Bernds Elternhaus wesentlich erfreulicher. Das gemeinsame Mittagessen ist der Beginn der Akzeptanz seiner Person als neuer Wegbegleiter von Bernd. In den Jahren danach wird Norbert immer mehr als ein wichtiger Bestandteil der Familie anerkannt. Das führt schließlich auch dazu, dass er die mittlerweile erwachsenen Nichten und Neffen von Bernd mit aufwachsen sieht und sich entsprechend um sie kümmert. Bei gemeinsamen Nachmittagen, Ausflügen und anderen Aktivitäten schließen sich alle gegenseitig ins Herz. Norbert ist nicht mehr wegzudenken und hat endlich eine Familie gefunden, die ihm ein halbes Leben lang verwehrt bleibt.

„Bernd, du hast mir in den schweren Zeiten immer beigestanden und hast immer ein offenes Ohr für meine, zum Teil schrecklichen, Erinnerungen. Bei meiner Vergangenheit macht das längst nicht jeder mit. Vor allem bist du mir aber auch eine Stütze bei der Aufarbeitung und beim Befreien von Altlasten.“ Bernd nickt wohlwollend und zustimmend. „Dafür sollten Lebenspartner doch auch da sein. In guten wie auch schlechten Zeiten“, erwidert er und erinnert Norbert an den Tod seiner Mutter, der wie eine Befreiungsaktion für den Gepeinigten wirkt. Als sie im Jahr 1997 das Zeitliche segnet, ist Norbert endlich frei. All die Zeit nach dem jahrelang anhaltenden sexuellen Missbrauch ist Norbert ein Gefangener seiner – eigentlich nicht gewollten – Gefühle. Auch, wenn seine Mutter ihm so viel Schreckliches zufügt, ihn im Erwachsenenalter bei Besuchen mit einem heimlichen Griff in sein Portemonnaie um sein Geld gebracht und seine zu Feierlichkeiten dargebotenen Geschenke mit Missachtung straft – sie ist halt immer noch seine Mutter gewesen, mit der ihn eine Hassliebe verbindet.

An der Beerdigung will sich keiner von Norberts Geschwistern beteiligen. Der Kontakt ist über die Jahre hinweg ohnehin mehr als eingeschlafen. Niemand will wirklich etwas mit Norbert zu tun haben. Die Mutter hinterlässt keine finanziellen Ersparnisse, so dass man davon eine angemessene Beerdigung finanzieren könnte. Dabei meint sie noch zuvor, sie habe für alles gesorgt und erwarte eine schöne Beisetzung in Düsseldorf. Der Beerdigungsvertrag, den sie eigens abgeschlossen hat, ist jedoch wertlos. Das Institut offenbart dem Sohn, dass nicht „eine müde Mark in den Vertrag eingezahlt wurde". Selbst mit ihrem Tod bescheißt Norberts Mutter ihn. „Weißt du Bernd, ich bin froh, dass ich sie damals so günstig wie möglich entsorgt habe. Sie hatte, nachdem was sie mir und anderen angetan hat, schließlich keinen pompösen Abschied verdient." Nicht eine Träne verschwendet für seine Mutter. Im Gegenteil. Er ist froh. Der mütterliche Tyrann, der bei ihm all die Jahre für bittere Tränen gesorgt hatte, ist nun endlich aus seinem Leben verschwunden. Sie wird anonym in Koblenz beerdigt. Zum denkbar günstigen Preis. Norbert zahlt das aus eigener Tasche. Und da die Geschwister sich nicht mit einem Pfennig daran beteiligen, ist nicht nur seine Mutter, sondern auch der Rest seiner eigentlichen Familie für ihn gestorben. Der letzte Akt findet in der Auflösung der mütterlichen Wohnung seinen Abschluss. Selbst das lässt er von einer externen Firma erledigen. Nichts will er behalten, kein Möbelstück soll ihn an das Miststück erinnern. Endlich hat er seinen Frieden gefunden.

„Letztlich hat der Tod deiner Mutter deine Seele vollends für die Kunst geöffnet“, meint Bernd. „Du hast zwar schon immer gerne gemalt und dich kunsthandwerklich betätigt, aber richtig frei, um deine Ambitionen auch beruflich zu nutzen, warst du erst, nachdem sie gestorben ist.“ Norbert nickt. Da ist was Wahres dran. Das war damals wie ein Knoten, der sich gelöst hat. Seine Begeisterung, vor allem für die Metall-Performance-Kunst, wuchs enorm. Immer intensiver nutzte er seine freie Zeit, um seine künstlerischen Ideen umzusetzen. Jahr für Jahr gibt es zunehmend mehr Liebhaber seiner Werke. Heute hat sich Norbert einen guten Ruf in Osnabrück und der Region als Künstler erarbeitet, tritt mit seiner spektakulären Metall-Show auf offiziellen Veranstaltungen auf, organisiert selbst Kunstausstellungen – oft unter Beteiligung anderer Künstler. Getreu dem Motto: „Zusammen sind wir stark!“ Dass Norbert mit seiner offenherzigen und ungewöhnlichen Art der Kommunikation bei vielen Menschen als Sonderling wahrgenommen wird, stört ihn dabei nicht. Es ist sogar seinem Künstlerruf zuträglich.

Für Norbert ist das Künstlerleben aber auch viel mehr als nur eine Berufung. Es ist der Schrei nach Freiheit, Liebe, Anerkennung! „Entweder hasst man mich oder man liebt mich. Und die, die mich lieben, sind mein Lebenselixier. Hätte ich nicht meine Kunst, ich wäre schon längst an meinen depressiven Gedanken erstickt. Ich bin angekommen, die Kunst ist sozusagen mein Bahnhof der Liebe, und du Bernd, du bist mein persönlicher Bahnhofsvorsteher." In Bernds Augen blitzt es. Weiß er doch dieses ungewöhnliche Kompliment als ein Zeichen von Norberts Liebe zu deuten und zu schätzen. „Überhaupt ist es doch ein Wunder, dass ich jetzt das Leben führe, wie ich es führe. Bedenkt man, was ich für ein beschissenes Dasein hatte", sagt Norbert, in seinen Augen sammeln sich Tränen der Dankbarkeit. Von seiner Mutter ins Leben geschissen, von anderen schlechten Menschen immer wieder ausgenutzt und sexuell missbraucht, das Rumgeficke auf dem Strich in Amsterdam, der Knast und die vielen anderen Erlebnisse wären eigentlich gute Wegbegleiter in den sicheren Tod oder zumindest in einen gesellschaftlichen Verfall. Doch Norbert kann der satanischen Versuchung trotzen. Nicht zuletzt, weil „ich schreie und Hilfe suchend meine Hände ausstrecke".

Ein Credo, das ihn begleitet: Wer nicht redet und zur rechten Zeit schreit, kann nicht gehört geschweige denn gesehen werden. Er ist nicht existent für andere Menschen, erstickt in seiner eigenen Seelenqual und ist schon tot, obwohl er noch lebt. Denn es gibt sie, die Menschen, die dich hören und sehen und ihre Hände helfend ausstrecken. Du musst sie nur ergreifen. „Das durfte ich erfahren, deshalb bin ich jetzt hier und jetzt."

„Großer, es ist schön, dass du das erkannt hast und danach lebst", sagt Bernd. Er steht auf, gibt seinem Partner noch einen liebevollen Kuss auf die Stirn und sagt: „Es ist spät, ich mache mir schnell was zu essen. Möchtest du auch was?" „Nein, danke. Ich möchte noch eben das letzte Kapitel niederschreiben und komme dann später zu dir ins Bett gekuschelt." Bernd lächelt, entschwindet aus dem Raum und lässt Norbert mit seinen Gedanken alleine. Er ruft sich gerade die Menschen in Erinnerung, denen er zu verdanken hat, dass er heute nicht schon unter der Erde liegt oder von der Gesellschaft verstoßen wurde. Es sind Menschen wie Tante Magret, die Erzieherin aus dem Kinderheim in Adelheide. Bei ihrer Familie durfte er das erste schöne Weihnachtsfest erleben. Hermann Kran, der ihm als väterlicher Freund nicht nur Kekse backen beibrachte und ihm erste Inspirationen für die Kunst gab. Walter Benner und die anderen Pädagogen in Göttingen, die ihn förderten und ihm eine Ausbildung ermöglichten statt ihn zu ohrfeigen. Der Schweizer Diplomat Franz, der nicht nur ein schwuler Freier, sondern auch väterlicher Freund war. Ottilie Poltermann aus Kassel, die ihm finanziell und emotional zur Seite stand. Sophie, seine Ex-Frau und bis heute treue Freundin. Bernd. Und viele andere Wegbegleiter, die vielleicht nur kurz vertreten waren, aber in der Zeit viel Gutes für und in Norbert bewirkten. Je mehr er sich mit den Gedanken an seine Wohltäter und Freunde beschäftigt, desto bewusster wird ihm, dass ihm kein Einzelschicksal widerfuhr. Unzählige Menschen mussten ein ähnliches Leid ertragen. Angefangen bei den Heimkindern, ausgebeutet von den Erziehern über die Stricher, die sich gefangen ob ihrer Lebenssituation nicht anders zu helfen wussten als ihren Körper für Drogen und Alkohol zu verkaufen bis hin zu all den Menschen, die sexuell missbraucht wurden. Nicht selten von der eigenen Familie.

„Was ist nur aus diesen Menschen geworden? Was ist denen widerfahren, die nicht so ein Glück hatten wie ich und ohne Hilfe vor sich hin vegetierten?“ Viele von ihnen werden, dem immensen psychologischen Druck nicht gewachsen, ihrem Leben ein vorzeitiges Ende gesetzt haben. Ungehört. Unbeachtet.

Norberts trauriger Blick wandert zum Fenster. Ein klares Blitzen und Strahlen bahnt sich seinen Weg durchs Glas in Norberts fast dunklem Büro. Das helle Licht des Sternes aus dem Universum, sein treuester und langjähriger Wegbegleiter, spiegelt sich auf der metallenen Oberfläche seines Laptops wider. Norbert klappt sein Arbeitsgerät wieder auf, fährt noch kurz mit seinen Händen über seinen hölzernen Sekretär, danach motivierend durchs Gesicht und startet sein letztes Kapitel mit den Worten: „Und Sirius hat es gesehen.“

Norbert (vorne rechts) mit seinen Schwestern
Waltraut, Liona und Ann-Kathrin auf dem Gelände
des Adelheide-Delmenhorst-Wichert-Stift.

Norbert Henze im Alter von 13 Jahren.

Trügerische Familienidylle: Norberts Mutter mit Hermann Kran und Schwester Liona.

Konfirmation 1961 mit Mutter, Schwester Liona und Norberts Pflegeltern (Tante Lieselotte und Onkel Hans).

Ein gewohntes Bild für Norbert Henze: Seine Mutter beim Saufgelage mit Männern.

Norbert und Sophie auf einer Hochzeitsfeier in den 70er Jahren.

Sophie im Jahr 1976.

Norbert und sein Lebensgefährte Bernd (links)
bei einem Ausflug im Jahr 1987.

Norbert Henze, Ende 2012, auf einer Brücke nahe der Singlestraat in Amsterdam.

In kreativer Aktion: Norbert Henze bei seiner
Lieblingsbeschäftigung als Metall-Performance-Künstler.